黒野伸一

本日は遺言日和

実業之日本社

実業之日本社文庫

目次

プロローグ　ようこそ遺言ツアーへ

「えっ!?　交通事故？　大丈夫ですか」

携帯電話を耳に当て、声を上げる梶原《かじわら》を、思わず美月《みづき》は振り返った。梶原は美月に視線を移し、小さく首を振った。

「大したことはない？　そうですか。よかった。骨折だけなんですね。はい。分かりました。いえいえ、迷惑なんてとんでもない。お気になさらずに。そういう事情であれば、仕方ありませんよ。我々で何とかしますので、まずはじっくりご静養ください。はい。こちらこそ、よろしくお願いいたします。お大事に」

携帯電話を閉じた梶原が、大きく深呼吸した。

「溝口《みぞぐち》先生からですか？」

美月が質問すると、梶原は重々しく頷《うなず》いた。

「じいさんだったそうだ、運転していたのは。ブレーキとアクセルを踏み間違えたって、例のよくあるあれだよ。で、コンビニに突っ込んだ。中にはちょうど、昼飯を買いに来てた先生がいた。幸い左足の骨折だけで済んだそうだが」

「よかった。でも、それじゃ、こちらに来るのは無理ですね」

「今は病院にいるっていうからな。三日間は安静にしてろと医者に言われたそうだ」

「どうしましょうか」

「どうにかするしかないだろう。もう皆が集まる時間だぞ」

梶原が駅の改札を振り返った。ここはＪＲ湯河原《ゆがわら》駅。時刻は午後一時になろうとしていた。駅前の定食屋から、麺つゆの匂いが漂ってくる。学生風の男が二人、タクシー乗り場のベンチに座り、コンビニ弁当を頬張っていた。

やがて改札から美月の見知った顔が出てきた。司法書士の竹上《たけがみ》だ。

「いやあ、紅葉がきれいですね。いいところだ」

竹上が山の方角に目を細めた。

「ここで一泊できないのが残念だなあ」

「よろしかったら、今からでも部屋をお取りしますよ」

「いや、今日はこのあと東京で会合がありますので。皆さんはまだ？　溝口先生は？」

美月と梶原はお互いの顔を見合わせた。竹上は、美月が企画した「遺言ツアー」の法務アドバイザーである。今日は遺言書の書き方についてレクチャーしたあと、東京へトンボ返りする予定になっていた。溝口は、このツアーの心理カウンセラーだが、突然の事故で欠席となったばかりだった。

「それは大変だな」

梶原が事情を説明すると、竹上は眉を顰《ひそ》めた。

「でも怪我が大したことなくて、何よりだったね。じゃあ参加者のカウンセリングは、誰がやるの？」

「それは、ぼくらでやるしかないでしょうね。参加者は四人だけですから、何とかなるでしょう」

梶原が視線を向けたので、美月はあわてて頷いた。その脇を、通行人が怪訝《けげん》な顔をして通り過ぎてゆく。美月と梶原の胸元には、「遺言ツアー」と大きく記された胸章があった。

「あの、遺言ツアーはこちらでよろしいの？　弥生《やよい》プランニングの方たち？」

振り返ると、背の高い上品な雰囲気の老婦人が立っていた。

「前田《まえだ》さんでいらっしゃいますね。遺言ツアーにようこそ」

美月は記憶の中から彼女の名前を引き出し、笑顔で挨拶をした。前田久恵《ひさえ》、七十六歳、無職。見た目は年齢より若い。梶原が全員の紹介をした。久恵は、よろしくお願いしますと、こちらが恐縮してしまうほど、深々と腰を折った。

「わたしが一番乗りですか？　今日は何人の方がいらっしゃるの？」

「他の皆さまはまだのようですね。あと三名の方が来られる予定です」

久恵は笑顔のまま頷いたが、参加者の少なさに驚いているに違いなかった。

「まあ、このようなツアーを企画するのは、日本初だと思いますので」

美月が言うと、久恵はころころと高い声で笑った。

「そうですよねえ。遺言ツアーなんて、いったい何のことだと戸惑う人のほうが多いでしょうね」

やはり、世間一般の目から見れば、これが当たり前なのだと美月はへこんだ。そもそも遺言ツアーの企画は、ほとんど思いつきで立てたようなものだった。

川内《かわうち》美月が勤める小さなイベント会社・弥生プランニングでは、毎週五つの企画書を提出しなければいけなかった。今春の入社以来ずっと、自身の得意分野であるグルメや旅行関連の企画を出してきたが、一度も通らず腐っていたところ、テレビのニュースで遺言の特集を見て、じゃあこれと旅行・グルメをくっつけてみたらどうよ、と半ばやけっぱちな気分で企画書を書いた。——ゆっくりとくつろいだ気分で温泉に浸《つ》かり、美酒と会席料理を味わいながら、あなたも遺言書を作成してみませんか。きっと素晴らしいものが出来上がるはずです。

ＮＯとしか言わない頑固者の社長に、真面目にやれと怒鳴られたら、もうずっと真面目にやってきましたと怒鳴り返してやる覚悟だった。ところが社長は、怒鳴るどころか、企画書に目を通すや否《いな》や、面白いからやってみろと即決した。美月はポカ～ンと口を開けてしまった。

「おい。何、ぼーっとしてるんだよ。聴いてなかったのか。この企画どおりに進めろと言ったんだ。もたもたするな！　動け！　それから梶原、お前が彼女のサポートをしてやれ」

頭の禿げ上がった社長のダミ声が鼓膜を貫き、美月は我に返った。弾けたように席を立ち「ありがとうございました！」と頭を下げて、会議室から突風のように出て行った。とはいえ、これから具体的に何をやったらいいのか、頭の中は空っぽだった。後から出てきた梶原が美月をつかまえ、部屋の隅へ連れて行った。

「企画を出す前に何故おれに相談しなかった」

梶原は美月の指導担当者である。新人の企画は、一応担当者が目を通すことになっていたが、「どうせ社長が決めることだから」と、梶原は真面目に見てくれたためしがなかった。最近特に忙しくしていたので、今回の企画はあえて梶原には事前に相談しなかった。

「すみません」

美月は素直に詫びた。

「今度から気をつけろよ。おれにはさっぱり良さが分からんが、社長がＯＫした企画だから仕方ない。とりあえず専門家に相談だ」

梶原は、旧知の竹上に連絡を入れた。企画が気に入ったらしい竹上は、知り合いの心理カウンセラーもツアーに同行させたらどうかと提案した。事故に遭った溝口である。

とんとん拍子に話が進められていくのを、美月は指を咥《くわ》えながら眺めていた。自分の立てた企画なのだから、自ら動きたい。しかしこの春大学を卒業したばかりの美月には、経験も人脈もなかった。テキパキと作業を進める、五歳年上の先輩社員を前に、美月はアシスタントに甘んじた。

「それなりに宣伝はしてみたのですが。やはり、多くの皆さまにはご理解いただけなかったようです」

久恵は、これからよと美月の肩をぽんぽんと叩いた。

「遅れまして、申し訳ございません」

息を切らせ改札から出てきた中年女性を見て、美月は首を傾《かし》げた。久恵以外に女性の参加者はいなかったはずだ。

「わたし、新庄典子《しんじょうのりこ》と申します」

新庄と名乗る婦人の後ろから、白髪の老人が現れた。茶色のジャケットに、レモンイエローのシャツ、グリーンのスカーフというキザな出で立ちだが、なかなか様《さま》になっている。

「で、これが今回のツアーに参加させていただく父の斎藤幸助《さいとうこうすけ》です」

典子は深々と頭を下げたが、幸助のほうは、不機嫌そうに小さく顎を引いただけだった。

「初めまして。担当の川内と梶原、こちらは司法書士の竹上先生です。それから参加メンバーの前田久恵さん」

「よろしくお願いします。最初は見送りだけのつもりだったんですけど。さっき旅館に電話を掛けたら、空きの部屋があるっていうから、予約しちゃいました。あたしのことは気になさらないでくださいね。お邪魔はしませんから。ただ、ちょっと父が心配だったもので。いえ、皆さんのことを信用していないわけじゃありませんのよ。父はもう、七十八になるものですから」

「年寄り扱いするな。一人で旅行ぐらいできるわ」

幸助が眉根を寄せると、典子は小さく首を振りながら、美月たちに目配せをよこした。

「もちろん、ご家族の方も歓迎しますよ。よろしかったら、ご一緒にセミナーを受けてみてはいかがですか」

竹上が言うと、ありがとうございます、ぜひそうさせていただきます、と典子は答えた。

「ところで他の皆さんは、まだいらしてないのですか」

「ええ、まだのようですね」

「参加者は何人いらっしゃいますの」

「あと二名です」

美月が答えると、幸助が、ホラ見ろと典子に顎を突き出した。

「こんなツアーに参加する物好きなんて、そのくらいのものなんだ」

勝ち誇ったような表情の幸助は、美月たち主催者を、最初からほとんど無視していた。美月は心の中で大きな溜息をついた。

「あと二名は誰だ」

梶原が美月にそっと耳打ちした。

「ええと。横沢《よこざわ》さんと、それから小泉《こいずみ》さんですね」

「二人があのじいさんみたいなキャラじゃないことを祈るよ」

美月は眉を顰め、囁《ささや》いた。

「小泉さんは、大丈夫じゃないですか。別の意味でちょっと危ない人かもしれませんが」

「ああ、あの男か。冷やかしなんじゃないのか」

「でも参加費用は、きちんと振り込まれています」

「おい、あの人」

梶原が、タクシー乗り場のベンチで、昼間から缶ビールを飲んでいる一人の男に顎をしゃくった。初老の男はビール片手に、しきりに貧乏ゆすりをしていた。足元にはぼろぼろのボストンバッグが置いてある。持ち手の部分に、丸いプラスチックの名札がぶら下がっていた。

美月はそろそろと男に近づき、屈んで名札を確認した。横沢篤弘《あつひろ》。ツアーの参加者だ。

「遺言ツアーへ、ようこそ。わたしは、弥生プランニングの川内です。本ツアーのコーディネイターを務めさせていただきます」

篤弘が顔を上げると、かすかなアルコールの臭いが漂った。篤弘は、呆けたような顔で、美月の顔から胸元にかけて視線を動かした。

「初めまして。弥生プランニングの川内美月です」

耳が遠いのかと思い、美月はもう一度大きな声で自己紹介をした。

「お姉ちゃん。おっぱい大きいね」

はっ？

一瞬何を言われたのか、分からなかった。顎を引くと、屈んだ拍子に露《あら》わになった胸の谷間が見えた。美月はあわてて背筋を伸ばし、シャツの襟を引き締めた。

「ああ、遺言ツアーの人ね。おれ参加者だよ」

なおもしつこく胸元を見るので、美月は胸章を外し、ポケットの中に突っ込んだ。

「どうぞこちらへ。あと一名揃えば出発です」

「そう。んじゃ、もう一杯やる時間はあるな」

篤弘がバッグの中から缶ビールを取り出し、プルトップを引っ張った。

「あまり昼間から飲み過ぎるのは、よくありませんよ」

「平気平気。おれ、飲むのには慣れてっから」

やれやれと、美月は頭を抱えた。このじいさんは、幸助とはまた違った意味で質《たち》が悪い。

「綺麗な脚してるね。すっと長くて、きゅっと締まってて」

美月が思いきり眉を寄せると、なんだい、恥ずかしがることないじゃないかとケタケタ笑いだした。

「そういうこと、言わないでください」

セクハラですよ、と付言しようと思ったが、思い留まった。

笑っていた篤弘が、突然むせ始めた。苦しそうに咳をするので、大丈夫ですかと駆け寄り、背中を擦《さす》った。突然、篤弘が嘔吐した。噴水のように口と鼻から飛び散ったのは、先程まで飲んでいたビールだ。近くに立っていた女性が、キャッと悲鳴を上げ、飛び退《の》いた。赤い靴が濡れている。女性の肩を支えた連れの男が、恨みがましい視線を、篤弘にではなく、美月に向けた。謝罪の言葉は、男の怒声でかき消された。

「そんなに背中を擦ったら、吐いてくれと言ってるようなものじゃないか。昼間から年寄りに酒なんか飲ますな。非常識だろう」

「すみません」

美月の傍らで、篤弘がまたケタケタと笑いだした。カップルが大きく鼻を鳴らし、背を向けた。美月は篤弘の手から缶ビールを奪い取ると、握り潰し、近くのゴミ箱に放り込んだ。

「あともう一人の方が来るまで、ここで休んでいただいて結構です。ただしビールは禁止です」

篤弘をベンチに残し、梶原の元に戻った。

「大丈夫でしょうか」

美月は不安を隠し切れなかった。

「分からん。っていうか、これはお前の企画だぞ」

美月は早くも、こんな企画を提出したことを後悔し始めていた。社長は何故、OKを出したのだろう。新入社員に試練を与えるためか。傍らの竹上を見た。五十代と思《おぼ》しき竹上も、二つ返事でこの企画を引き受けたという。何故だか理由を訊いてみようと口を開きかけた時、あの、と背後から声を掛けられた。振り向くと、色白で痩せぎすの青年が立っていた。

「小泉です。遺言ツアーの人ですよね？」

小泉太陽《たいよう》。十九歳。無職。申し込みがあった時は、何かの間違いかと思った。十代の参加希望者など、想定していなかった。だが、竹上によると、遺言書は満十五歳に達していれば、誰でも作成できるという。

「お待ちしておりました。小泉さんですね。担当の川内です。遺言ツアーにようこそ」

十五分遅れでやってきた太陽は、悪びれた様子もなく、参加者たちを見渡すと、

「なるほどね、と小さく呟いた。

「はい、それでは全員揃いましたので、これから旅館のほうへ向かおうと思います。車で十分ほどの距離です。今日は人数が少ないので、タクシーに二名ずつ分乗して行きましょう」

斎藤父娘、久恵と篤弘でペアを組ませた。先頭車両には美月と太陽が乗り、参加者を真ん中に、しんがりは梶原と竹上が務めた。

「それでは皆さん、現地でお会いしましょう」

美月たちを乗せたタクシーが発車した。車は右に折れ、商店街を進んだ。傍らでは太陽が無言で窓の景色を眺めている。

「遺言書に興味がおありなんですか？」

美月が話しかけると、太陽が相変わらず景色を見ながら、まあ、と小さく答えた。あまり会話をする気はないらしい。

「若い方が参加するとは思わなかったので」

なおも会話を仕向けると、太陽はゆっくりとこちらを振り向いた。

「そっちだって、若くありませんか」

「ええと……川内です。わたしは、二十三です。実はこのツアーの企画を立てたの、わたしなんです」

「ユニークですよね、遺言ツアーなんて。遺言書いたら、みんなで自殺でもするんですか」

「まさか……」

美月は目を丸くした。太陽はフンと小さく鼻を鳴らした。

「まあ、どっちでもいいんですけどね」

投げやりに言うと、太陽はまた窓の外に視線を戻した。美月は二の句を継ぐことができず、前を向いた。「温泉場　独歩《どっぽ》の湯　万葉《まんよう》公園」という標識が迫ってきた。

「人間いつかは死にますから。わざわざ自殺することなんかない。それでも自殺しようとする人間は、好きにしろってことだと思いますけど」

「遺言ツアーは、自殺とはまるで関係がありません」

美月はきっぱりと言い放った。

「そうなんですか？　普通連想しちゃいますよ。ネットで仲間集めて、自殺しようって呼びかけてるの、あるじゃないですか。あれの亜流なのかと思ってた。だって遺言って遺書みたいなものでしょう」

「遺言と遺書は違います。遺言を書くつもりがないのなら、代金は払い戻しますから、お帰りいただいて構いませんよ」

美月が語気荒く答えると、太陽は一瞬ひるんだ様子を見せたが、わざとらしく溜息をつき、足を組んだ。

「書くつもりがないなんて、誰が言いました？　ちゃんと募集要項、読みましたよ。ぼくは遺言書作成のために、このツアーに参加したんです」

十九で書く遺言なんて、あるわけないでしょう。二十三のわたしにだってないっていうのに、と、美月は心の中で毒づいた。タクシーは、新幹線の高架橋の下を抜け、五所《ごしょ》神社の脇を通り過ぎた。一泊三日の宿泊を予定している老舗旅館「荻野《おぎの》屋《や》」は、ここから川沿いに、新道を登ったところにある。

「うわっ、ボーリング場がある。こんな山奥なのに。冗談みてえ」

しばらくぶすっとしていた太陽が、呟いた。美月もつられて、窓の外を眺めた。天辺でボーリングのピンが串刺しになっている、赤い円筒形の建物が目を引いた。温泉地に似合っているかといえば、正直、首を傾げてしまう。

人工の建造物はともかく、紅葉が映える山々は、うっとりするほど美しい。参加者が四人しかいなくても、この時期にツアーを決行したのは正解だったと、美月は思った。窓を少しだけ開けると、川のせせらぎが聞こえてくる。藤木川《ふじき》だ。

車は山あいを登って行き、しばらくすると左折した。川に掛かる橋を渡ると、正面に大鳥居のような門が姿を現した。湯元通りの入口である。門の笠木の部分には、「歓迎」という二文字の他、各旅館の屋号が入った表札が掲げられていた。荻野屋の名前もあった。

「なんだか、だんだん、さびれてきますね」

太陽が目を細めた。

「さびれているというより、伝統ある町並みと言って欲しいな。この辺りは、相模の小京都って呼ばれてるのよ」

つい夕メ口を利いてしまったが、年下なのだからと美月は気にしないことにした。

「まあ、さっきの変なボーリング場よりかは、ましかもしれませんけど。あっ、あれですか荻野屋って。うわあ……」

太陽が指差す先には、純和風の古い木造建築があった。タクシーは荻野屋の門をくぐり、正面玄関の前で停車した。車から降りた太陽は、軽く伸びをすると、コの字型の建物を見渡した。

「いやあ、結構きてますね、ここ。古色蒼然《こしょくそうぜん》って言うんですか。こういうところ、初めてですよ」

ホームページの写真を見て、この宿に決めたのは美月だ。遺言に興味を抱くのは年配者。年配者がゆっくりと人生を振り返るには、こういう宿こそがふさわしいと思った。

「素敵な旅館でしょう。趣《おもむき》があって」

あとから降りた美月が、太陽の傍らに立った。

「なんつーか、遺言とかにはぴったりの趣ってやつですか」

「それって褒めてるの？」

「うん、まあ微妙なところっていうか……」

梶原にこの旅館に決めたいと申し出た時も、しばらく渋っていたことを思い出した。最終的には、まあ文豪がお忍びで泊まっていそうな雰囲気だから、遺言書くにはいいかもしれんな、と同意してはくれたが。

「なんだ、この辛気《しんき》臭い旅館は。こんなところに泊まったら、ますます遺言など書く気が失せるじゃないか」

あとから到着した幸助が、車から降りるなり、声を荒げた。

「お父さん。そんな大声出さないで」

娘の典子が、周囲にぺこぺこ頭を下げながら、父の腕を引っ張っている。

「ほらね。ああいう発言をする人がいるでしょう」

太陽が美月に目配せした。

「あら～、素敵なところじゃないの。なんだか京都のお茶屋さんみたい」

三番目に到着した久恵が、車から降りるなり、はしゃいだ声を上げた。女性には評判がいいことに、美月はホッとした。礼を言おうとしたら、久恵が乗って来たタクシーを振り返った。

「ご機嫌なようね。あの方」

篤弘がまだタクシーの中にいた。降りてくる気配はない。久恵に訊くと、さっきからずっと高鼾《いびき》をかいているのだという。美月はタクシーの後部座席に駆け寄り、篤弘を揺り動かした。

「横沢さん。着きましたよ。さあ、起きてください」

篤弘はされるがままに、ゆらゆらと揺れているだけだった。運転手の迷惑そうな顔を、美月は瞳の端で捉えた。

「横沢さん！」

「んっ？　えっ？　ここどこ？」

やっと目を覚ました篤弘が、寝ぼけ眼《まなこ》であたりをキョロキョロと見渡した。

「もう旅館に着きました。さあ、降りましょう」

篤弘の腕を抱え、立ち上がらせている時に、最後尾の梶原と竹上が到着した。

「おい、川内。急げ。もう予定をかなりオーバーしてるぞ。先生はこのあとすぐ、東京へ戻らなくちゃいけないんだからな」

美月ははい、と答え、篤弘を急《せ》かすのだが、足元がまるでおぼつかない。少し離れたところでは、もう帰るとわめき散らしている幸助を、典子が必死になってなだめていた。そんな二人を見て太陽が、遺言を書かせたい娘と、書きたくない父親の骨肉の争いっスね、などと茶化している。

美月は、深い深い溜息をついた。

第一章　遺言書講座

　チェックインし、荷物を部屋に置くと、一行は別館二階にある中広間に集合した。ここで、遺言の基礎知識を学ぶための講義が行われる。中広間は二十二畳の和室で、テーブル席とホワイトボードが用意されていた。美月たち主催者側が待っていると、久恵、斎藤父娘、太陽の順にやって来た。

「おい。最後の一人は、呼びに行ったほうがいいんじゃないか」

　梶原に急かされ、美月が席を立とうとすると、篤弘がふらふらした足取りで広間に現れた。

「さて、皆さんお揃いのようですので、これから遺言の簡単な説明をしたいと思います。改めて自己紹介します。わたしは司法書士の竹上邦彦《くにひこ》と申します」

　竹上はボードにマジックで自分の名前を書いた。

「皆さんは、遺言書に対してどんなイメージをお持ちですか？　お金持ちが書くもの。高齢になってから書くもの。たぶんこのようなイメージを持っておられると思いますが、実はこの二つは必ずしも正しくないのです」

竹上が、遺言書の必要性について講義を始めた。まず例に挙げたのが、小さな子どもが三人いる若い夫婦のケース。夫が突然亡くなったら、全財産はどのように分割されるのか。

「子どもがまだ小さいとはいえ、相続人は配偶者だけではありません。子ども三人にも平等に相続権があります。ですから、親子四人で遺産分割協議を行わなくてはなりません。ところが子どもが未成年の場合は、一人に付き、一名の法定代理人を選任し、裁判所に申し立てをする必要があります。三人いれば、三人の法定代理人を選任することになります。かなり面倒な手続きですが、遺言書を書いておけば、代理人なしで相続の手続きが可能です」

竹上は、これ以外にも、子どもはいないが、両親が健在なケースや、配偶者と死別し、子どもと兄弟がいるケースなどを例に挙げ、説明を続けた。

「兄弟が親の遺産分割について揉めるのはよくあるケースです。財産を兄弟でどのように分割するのか、あらかじめ遺言書に明記しておくことをお勧めします」

典子が大きく頷き、父親を肘で小突いた。幸助が、フンと鼻を鳴らした。久恵は背筋を伸ばし、ホワイトボードを見つめている。太陽は腕を組んでふんぞり返っているが、真面目に耳を傾けている様子だ。篤弘は椅子の上で、船を漕いでいた。

竹上の講義を聴いているうちに、美月は企画を立てた張本人の自分が、いかに遺言書について無知であったか痛感した。ちゃんと勉強しなければとは思っていたものの、日々の雑務に追われ、時間が作れなかった。いや、それは単なる言い訳に過ぎないかもしれない。

遺言書には、法定遺留分というものもあるらしい。法定相続人が最低限主張できる相続割合のことだ。例えば、配偶者がいるのに、どこかの女性に全財産を相続させたいと夫が遺言したとしても、妻にはその二分の一の金額が支払われるという。よくできた制度だと美月は思った。

「遺言書には、付言事項というものがあります。これは相続人に対するあなたのメッセージです。大切な家族のため、愛する人のため、自分の思いを形にするのが遺言書なのです」

一時間程で竹上の講義は終了した。質疑応答で幸助が手を挙げたのには驚いた。そういえば幸助は、講義の半ば辺りからしきりにメモを取り始めていた。

講義の様子を後ろで観察していた梶原が、ちょっとあとを頼むと席を外した。携帯電話に連絡があったらしい。しばらくして戻って来ると、美月を廊下に呼び出した。

「ちょっとマズいことになっちまったんだ。例の横浜にある、ホームセンターの開店記念イベントだよ」

そのホームセンターのイベントに関しては、梶原が責任者だった。

「手配していた資材の数が合わないんだ。見積書も約束していたものと、全然違うらしい。早急に戻って、確認しなきゃならん」

「今からですか？」

「ああ。時刻表を調べたら、特急踊り子号が三十分後に湯河原を出る。それに乗れば、横浜までなら一時間もかからんだろう」

「終わったらまたこちらに戻って来るんですか」

「いや、二、三時間で済む話とは思えんよ。明日も付きっきりでいなきゃならんだろう。それで、悪いんだけどな――」

すまなそうに眉を下げているが、どことなくやっかい払いができたと思ってるような顔でもある。横浜の仕事がそんなに緊急で重要であるとは、美月には思えなかった。

「お前にこのツアーを全面的に任せることにする。まあ、企画立案したのはお前だし。大丈夫だ。明後日の昼には竹上先生とこっちに戻って来るから。書き上がった遺言書のチェックは一緒にやろう」

「そんな！　冗談でしょう」

「仕方ないんだよ。大口の取り引き先だし、いい加減な対応はできないんだ。社長にも相談したんだが、横浜のほうを優先させろと言われた。ツアーのほうは、たった四人の参加者だし、お前に任せても大丈夫だろうと」

「一人でですか？　自信ありません」

「おい、川内」

　梶原が眉根を寄せた。

「仕事ってのは、そもそもスムーズに行かないものなんだ。たかだか四人を、二晩面倒見るくらいでビビッててどうする。みんなもっとひどい修羅場をくぐりぬけて、一人前になったんだぞ。お前にとってこれは、越えるべき試練だと思え」

　梶原がこの仕事から逃げ出したいのは見え透いていたが、彼の言っていることにも一理あった。

「梶原さんたちが帰って来るまでに、あたし一人で、全員に遺言書を書かせるってことですか」

「まあ、そういうことになる。難しい話じゃないだろう。そもそもみんな遺言を書くためにツアーに参加したんだから」

「それはそうですが……」

「できないんなら、ツアーをこの場で中止しなきゃならん。それでもいいのか」

「いえ、よくないです。分かりました。やってみます」

いつまでも半人前でいたくはない。梶原抜きで、仕事をやるのは美月の悲願だった。その機会が遂に訪れたということだ。こんなツアーでも、自分一人で仕切れるのは魅力ではないか。

「じゃあ、あと五分でおれと先生はここを出る。このあとに予定されてた溝口先生のセミナーは、お前が代行するんだぞ」

「セミナー？　あたしがですか？」

そういうものがあることを唐突に思い出した。「心の整理・自己表現トレーニング」と題する講義は、心理カウンセラーの溝口が行うことになっていた。

「大学で心理学を専攻してたんだろう。心の整理なんて、それらしいことなら幾らでもしゃべれるじゃないか。自信を持てよ」

「はい……」

とは答えたものの、下準備さえしていないのだ。

「溝口先生は不慮の事故で来られなくなったんだから仕方ない。代役はお前に任せた。お前だって一応は心理学の専門家だ。それでも四の五の言ってくる人間がいたら、代金を払い戻して追い返したって構わないぞ」

「分かりました」

「それじゃ、あとはよろしくな。頑張れよ」

休憩時間に、梶原と竹上が旅館をあとにした。参加者とともに残された美月は、これからやらなければならないことを思い出し、あわてて部屋に戻って頭の整理を始めた。だが、何をしゃべってよいものやら、まるでアイデアが浮かばない。自己表現トレーニングと銘打っているが、そもそも美月は、自分が自己表現が得意なタイプとは思えなかった。

――どうしよう、どうしよう、どうしよう……。

そういえば、こんな経験を以前にもしたことがある。あれは大学一年の頃だ。一浪してなんとか第二志望の大学に受かったものの、受験勉強に疲れて、美月はすっかりやる気を失っていた。

学校をサボってアパートに引きこもり、ＤＶＤを見たりゲームをしたりして過ごしていた。マンガもたくさん買って読んだ。親から仕送りはもらっていたが、そんな生活を続けていたため、出費がかさんだ。

バイトでも始めなければ、家賃さえ払えないような状況になって、美月はやっと重い腰を上げた。

応募したのは、イベントコンパニオンの仕事だった。事務職は退屈そうだし、飲食業はきついというイメージがあった。コンパニオンだったら、多少恥ずかしい格好を我慢すれば、あとはニコニコしているだけでいいと、高をくくっていた。

スタイルには自信があったので、写真審査は問題なく通過した。面接で、アニメイベントだが大丈夫かと訊かれ、大丈夫ですと答えた。アニメなら引きこもっている間に、ジブリのＤＶＤを何枚か見ていた。

イベントでは胸元のはだけたメイド服を着せられ、メイン司会の脇に立ち、アシスタントのようなことをさせられた。聞いたこともない声優のトークや、アニソンに熱狂しているオタクたちのテンションに正直慄《おのの》いたが、笑顔で立っているだけでいいのだからと、自分自身に言い聞かせた。

ところが、物事はそう単純ではなかった。

イベントのワンコーナーを美月が仕切ることになったのだ。メイン司会が着替えを済ませる間の、わずかな時間だったが、イベントや観客とは距離を感じていた美月は、いきなりのことに焦った。

「そんな！　……無理ですよ」

「次のコーナーの前振りをするだけだよ。魔法少女戦隊・アレキサンドリーヌのネタで、ちょっと客席を盛り上げてくれるだけでいいんだから」

ディレクターがこともなげに言った。

長ったらしいタイトルには、聞き覚えがあった。社会現象になるほどの人気アニメという噂も耳にした。だが、はっきりした映像が、美月の頭の中にあるわけではなかった。

「そのコスプレは、魔法メイド・フロリエンヌなんだからさ、アレキサンドリーヌの三番目の妹の。フロリエンヌになりきって、最初にマジカルハイパーシャワーのポーズを一発決めてくれるだけでいいんだよ。いったん観客の心を捉えたら、後は楽勝だから。みんな、元気ですかー、とかテキトーにイノキみたいなこと言ってれば場が持つから。客はちゃんと反応してくれるから」

自分がその魔法メイドなんとかということさえ、美月は知らなかった。

「でも、あたし……」

「コンパニオンなんだから、そのくらい朝飯前だろう。よろしく頼むよ」

ディレクターは、もうこれ以上議論しないと、ほのめかした。

それからが大変だった。美月の出番は第二部に入ってすぐだ。休憩時間は、二十分しかない。バイトスタッフをつかまえ、フロリエンヌのことを訊いた。ぽちゃぽちゃした餅肌とは対照的に、髭そり跡が青々とした小太りのスタッフは、大きく目を見開いた。

「だって、あなたがフロリエンヌでしょうが」

「そんなの、知らなかったのよ」

男は、信じられないと何度も繰り返した。

「アニメイベントのコンパニオンでしょう。おまけにフロリエンヌは、今や世界中で大人気のキャラなんですよ。総理大臣だってファンなんですよ」

「わかった、わかった、講釈はあとで聴くから。ともかく、何とかシャワーのポーズだけでも教えて。早く。時間がないの」

「マジカルハイパーシャワーでしょう。そのくらい覚えておいてくださいよ。一般常識ですよ」

メタボスタッフは急に内股になり、腰をくねらせて、指鉄砲を美月の前に突き出した。マジカルハイパーシャワー！　の掛け声と共に、片足立ちになり、もう一方の足を高々と空に突き上げようとしたが、バランスを崩してよろめいた。

「ここはフィギュアスケートをイメージすればいいんですよ。浅田真央《あさだまお》になったつもりで、足を高く上げて」

顔面から血の気が引いていくのが分かった。そんなポーズ、できるわけがない。それでもやらないわけにはいかない。休憩時間をフルに使って、美月は何度も練習を試みた。その甲斐あってか、足の高さこそ十分ではなかったものの、そこそこ様にはなってきた。

しかし、いかんせん付け焼刃。本番での成果はといえば――ステージで片足立ちをしたとたん、美月は無様にひっくり返った。足を高く上げようと気張るあまり、軸足をおろそかにしてしまったのだ。

立ち上がり、マイクを握り直した時、最前列にいる客の醒めた瞳に気づいた。見渡すと、その場にいた全員が同じ目をしていた。スカートの中が丸見えになったにもかかわらず、誰も動じないのだ。観客たちはたぶん、匂いで美月を異物と感じ取ったのだろう。

言葉が出てこなかった。

呆然と立ち尽くしているうちに「皆さま、お待たせいたしました」と戻ってきた司会者に救われた。

二度と思い出したくない出来事を、苦々しく思い起こしていると、十分の休憩時間は瞬《また》く間に過ぎて行った。美月は、意を決して中広間に戻った。既《すで》に席に着いていた全員の瞳が美月に注目した。

大きく深呼吸した。

——あたしはもう、四年前のようなモラトリアム少女ではない。立派な社会人だ。おまけに今回の聴衆はたった五人。乗り越えられる。

「ええと……予定されていた、溝口先生のカウンセリングは、都合により変更となりました。溝口先生は、ここへ来る途中、交通事故に遭われたのです。幸い怪我は大したことはないようですが、大事を取って、今回は欠席とさせていただきました。代わりにわたしが、本日のカウンセリングを務めさせていただくことになりました。川内美月です。改めてよろしくお願い申し上げます。一応、大学での専攻は心理学です。若輩者ですが、何とぞご指導、ご鞭撻《べんたつ》を……」

最後の方は、マズい表現だと気づいていたが、口をついて出てしまった。案の定、典子が不安そうに眉を顰めた。

「あの、ご心配なさらないでください。わたしが責任を持って、遺言書作成をサポートしますし、明後日の昼には竹上先生が戻って来られますから」

「えっ？　あの先生、今晩お泊まりにならないの？」

典子が質問した。

「はい。今日はこれから予定がありますので、東京に帰られました」

大丈夫かしらね、と典子が呟く声が、美月の耳に届いた。隣の幸助は、真っ直ぐに美月を見ている。久恵は何やらノートに記入を始め、太陽は大欠伸《あくび》し、篤弘はテーブルの上に突っ伏して、涎《よだれ》をたらしていた。美月は深呼吸し、背筋を伸ばした。

「遺言書の法的な側面は、竹上先生にご教授していただきました。わたしの役割は、皆さまの心の中にあるものをいかに引き出すか、そのお手伝いをすることです。自分の思いを的確に伝えたい時は、熱くなり過ぎず、客観的に表現する技術が求められます。分かってもらいたいという気持ちが強過ぎると、読む者にとって負担となる場合が多いからです。例えるなら、執筆している自分の姿を、すぐ後ろから眺めているもう一人の自分が、本当の執筆者であるようなイメージ。これが書く人間にとって、基本的なスタンスです」

以前、就職に役立つかと思って通っていたライター講座で学んだことの受け売りである。

「遺言書は一生に一度、大切な人たちだけに捧げるものです。的確な表現で伝えることが重要であると、わたしは考えます……」

偉そうなことを言いながら、美月は自分の言っていることの矛盾に気づき始めた。

不特定多数の人間に読ませる商業文書には客観的な視点も必要だが、一生に一度、大切な人たちだけに捧げる遺言書は、主観的であっても構わないのではないだろうか。不器用でも、部外者から見れば赤面する内容でも、熱い心がダイレクトに伝わるような遺言書は、残された人たちの心に、より長く残ることだろう。やはり気合だけで乗り越えるのは難しいと美月は反省した。

「……ええと……簡単ではございますが、以上で説明を終わらせていただきます。いずれにせよ、皆さまそれぞれ悩みがおありかと思いますので、個別にご相談させていただけたらと存じます。わたしは明後日まで皆さまとご一緒しますので、何かございましたら、お気軽に声をおかけくださいませ。一階の談話室でも、お部屋でも、お風呂ででも相談を受け付けます」

これ以上長い話をすると、底の浅さがばれそうな気がして、美月は無理やり講義を終了した。

「何？　ここって混浴なの？」

いつの間にか起きていた篤弘が、声を上げた。

遺言書の用紙や下書きのためのメモノート、書き方の解説などが入った「遺言書作成キット」を各人に配り、その場は一旦《いったん》解散した。辺りは既に日が暮れ始めている。七時には宴会場で、夕食を取ることになっていた。

「それでは、皆さん。七時にまたお会いしましょう。それまでは自由行動です。この温泉は神経痛や胃腸病にも効くそうです。露天風呂や足湯もあります。ぜひお試しください」

部屋に引き揚げる途中、貸切露天風呂の電光掲示板がオフになっていることに気づいた。今は誰も入っていないということだ。貸切露天風呂は、早い者勝ちだと旅館の番頭から聞いていた。大浴場ではないので、次の客は前の客が出てくるまで待たなければならない。

気持ちが動いたが、首を振った。皆で背中を流し合いながら、辞世の言葉を練る、というコンセプトを立ち上げたのは、他でもない美月自身だ。何度も頭をひねって生み出した、この謳い文句は、ツアーのパンフレットにも載っている。発案者が、逃げていてどうする。大風呂に入って、久恵や典子とコミュニケーションを図らなければ。

とりあえず、まだ風呂には早い時間なので部屋に戻って休むことにした。美月が泊まっているのは、二階の、洗面所もトイレも共同の客室だ。とはいえ、八畳と四畳半の間取りなので、一人で滞在する分には十分広い。格子窓を開けると、先程車で到着した前庭が一望できた。

窓を閉め、熱いお茶を淹《い》れて飲んだ。一人になって緊張がほぐれたせいか、宿のパンフレットをめくっていると、瞼《まぶた》が徐々に重たくなっていった。

＊

「お父さん。ちょっとどこへ行くんですか」

新庄典子が父の部屋を訪ねると、浴衣の上に半纏《はんてん》を羽織った幸助がちょうど出てくるところだった。

「どこへ行くって、ひとっ風呂浴びて来ようと思ってな。せっかく温泉旅館に来たんだから」

「そんなのあとにして、ともかくここに座ってください。話があるんだから」

「何だ。今じゃなきゃならんのか」

「そう」

典子は強引に部屋の中に連れ込み、襖を閉めた。幸助がむすっとした顔で、座椅子の上に腰を落ち着けた。

「お父さん、ごめんなさい。あたしが間違ってた」

典子が掌《てのひら》を合わせ、頭を下げた。幸助が怪訝な顔をする。

「こんなツアーに無理やり連れ出したりして。専門家は全員いなくなって、あんな若い子を一人だけ残すだなんて、信じられない」

典子が父親をこのツアーに参加させたのは、専門家が付きっきりでマンツーマンの指導をしてくれると思ったからだった。

「お父さん、最初から乗り気じゃなかったし、嫌だったらもう帰って構わないわよ。あたしが会社側に代金の返済を請求するから。だってそうでしょう。当初の予定と全然違うんだもの。カウンセラーは来ないし、司法書士の先生は帰っちゃったし」

漫然と聞いていた幸助が、やおら口を開いた。

「全額返済請求は難しいだろうな。こうしてチェックインしてしまったわけだから。それにパンフレットには、司法書士が講義と最終チェックを行うとは書いてあったが、一緒に泊まり込むと明記はされてなかったぞ。心理カウンセラーが欠席したのは、不慮の事故があったからだと説明があった。それに、あの若い子は、まだろくに仕事もしとらんだろう。これから個別面談があるっていうしな。今評価を下すのは、時期尚早だよ。明後日になっても、ろくな遺言書が書き上がらなかったら、指導監督不足を問えるかもしれんが」

「お父さん、遺言書、書く気になったの？」

「さっきの竹上先生の話を聞いているうちに、やはりこれは早めに書いておいたほうがいいかもしれんと、考えを改めた」

「でも、そんなに焦ることもないんじゃない」

「なんだ。お前が遺言書を書かせたがってたんじゃなかったのか」

「遺言書を書く気になったのは、ひとつの進歩だけど、こんなところで書かずに、家に帰ってからじっくり取り組んだほうがいいんじゃないですか？　専門家に頼んだって構わないんだし」

「公正証書遺言か？　あれは手間や費用がかかるって、さっき先生が言っていただろう。なに、遺言書のひとつぐらい、自分で作れるさ。ここに虎の巻もあるしな」

幸助は、先程渡された、市販の遺言書作成キットの中にある「遺言書の書き方」という小冊子を手に取って見せた。

「でも……」

複雑な心境だった。典子は三人きょうだいの長女で、東京の郊外にある父の家から歩いて十分の距離に住んでいる。母は六年前に亡くなり、年の割にはマメなところがある幸助は、現在一人暮らしだ。典子は週に何回かは幸助の家に行くようにしている。しかし、典子自身も家族の問題で忙しい。来年は長女が高校、長男が大学を受験する。今後ますます学費がかさむというのに、夫の会社は業績が悪く、ボーナスは年を追うごとに減っていた。

父親の財産が目当てと言われたら、否定はできない。幸助は六十代後半まで、名前を言えば誰でも知っている大きな会社の役員をしていた。大学卒業後に入社し、四十数年間順調に出世の階段を上ってきた。年金も最高レベルをもらっている。「お姉ちゃん、相変わらずお父さんにおべっか使うのうまいね」と眉を吊り上げる、三歳違いの妹や、しばらく疎遠になっている二歳年下の弟とて、父の財産が喉から手が出るほど欲しいところだろう。

遺産にまつわる骨肉の争いというのは、よく聞く話だ。親族と言えど、絶縁することもあるという。そんな事態を避けるため、きちんとした遺言書を残しておくべきなのに、何度言っても、幸助は鼻で笑うばかりだった。

遺言ツアーというものを広告で知り、典子は半ば強引に幸助を参加させた。そればかりか、一緒に湯河原まで付いて来た。自分に有利な遺言を書かせようと目論んでいるという批判は、甘んじて受けるしかない。しかし、これはきょうだい全員のためでもあるのだ。ところが、幸助が遺言を書く気になったとたん、典子は何故かとても不安になった。

「でも、あんな若い子のカウンセリングなんかで、本当にきちんとした遺言が書けるのかしら」

「ひとっ風呂浴びてくる」

幸助が立ち上がり、典子を部屋に残し、出て行った。典子はしばらく一人で部屋に座っていたが、やがて立ち上がると、自分の部屋に戻って浴衣に着替えた。くよくよ考えていても仕方ない。幸助が言うように、せっかく温泉宿に来たのだから、ひと風呂浴びて、気持ちを切り替えるのもいいのかもしれない。

一階の大浴場に行って、浴衣を脱いだ。先客が一人だけいるらしい。紅葉のシーズンとはいえ、平日だから旅館の宿泊客はそう多くはない。タオルを胸に当て、引き戸をがらがらと開けると、白髪の婦人の姿が湯けむりの中に見えた。前田久恵だ。典子は軽く会釈して、洗い場に向かった。ボディソープで身体を洗い終えると、浴槽の端にゆっくりと身を沈めた。

いい湯だった。じわじわと身体が温まり、立ち昇る湯気とともに、ゆっくりと疲れが抜けてゆく。のんびり温泉に浸かるなど、何年ぶりだろう。典子は目をつむり、長く細い吐息を漏らした。

「あたしは去年、草津《くさつ》に行ったけど、ここもいいわねえ」

目を開けると、久恵が傍らにいた。上品な笑顔の婦人だ。亡くなった母親を、ふと思い出した。

「草津温泉ですか。有名ですね。あたしも行ってみたいです」

「温泉はお好きなの?」

「ええ。まあ……」

ツアーに正式参加もしていないのに、父親のあとを追って来たのは、何も温泉好きだからではない。若い頃はさぞかし美人だったに違いない、久恵の整った横顔を見ているうちに、この人なら信用してもいいかもしれないと、典子は思った。

「あたし、悩んでるんです」

「あら、どうして？」

「あの……あたしって、ごうつく張りに見えますか？　正規の参加者でもないのに、ツアーに付いて来たりして。父親に無理やり遺言書かせようとするのは、遺産目当てと思われても不思議じゃないですよね」

「子どもが親の遺産を当てにするのは、恥ずかしいことではないでしょ。子どもがいないあたしが、偉そうに言うのも何だけど」

「あたしたちは三人きょうだいなんです。あたしが一番年上で、一人暮らしの父のすぐ近くに住んでいます。妹と弟は遠くにいるし、家族全員で集まるのは、年に一度あるかないかくらいで。本来ならそういう席で遺言書のことを話し合うべきなんですけど、そんな縁起でもないことをって、父はまるで聞く耳持ってくれなかったし。でも、こういうのって、すごく大切だと思うんですよ。だから父をこのツアーに連れて来たんです」

「あなたの弟さんや妹さんから、お父さまにおべっかを使って、自分に都合のいい遺言書を書かせるつもりじゃないのかと非難されるのが、不安なんでしょう」

「はい……でも」

「あたしは、構わないと思うわよ。たぶんあなたは、お父さまの面倒を一番見ているんでしょう。長女だし、近くに住んでいるし。そんな自分の取り分が他のきょうだいと同じか、少なかったら納得いかないって気持ち、分からないわけじゃないもの」

父の世話だけでなく、六年前に大病が元で亡くなった母親を、付きっきりで看病していたのは典子だ。妹も弟も、弟の嫁も、母が入院していた病院にはほとんど見舞いに来なかった。母が亡くなってからは、頻繁《ひんぱん》に実家に行き来し、幸助とのコミュニケーションを図った。誰ともしゃべらず、家に引きこもっていたら、早くボケるという話を聞いたからだ。

「ここに来て、父は遺言書を書く気になったようなんです。でも、こういっちゃナンですけど、あんな若い子一人で大丈夫なのか、ちょっと不安じゃありませんか？」

「川内さんのこと？　いてくれたらくれたで心強いじゃない。あの人は、あたしたちに遺言を書かせるために残ったわけでしょう。こっちが途中で投げ出しそうになったら、きっと叱咤激励してくれるわよ」

「まあ、そうかもしれませんけど」

「いずれにせよ、最終的に判断するのはお父さまだから。お父さまには、あなたに見えていないものも、見えているかもしれないわよ」

天井から水滴が、ぽたりと肩に落ち、典子は身震いした。お先にと湯船から立ち上がる久恵に、典子はおずおずと頭を下げた。

風呂から上がり、浴衣を着て自室に戻った。しかし、どうにも落ち着かず、典子は再び幸助の部屋に向かった。風呂から上がった幸助は、ルームサービスで注文したらしい生ビールを飲んでいた。

「どうでした、お風呂は？」

ほろ酔い気分の父親に声を掛けた。

「うん。なかなかいい湯だったよ。おんぼろ旅館の割には、洗い場も広くて清潔だったしな」

典子は幸助の手からジョッキを受け取り、ビールを一口飲んだ。ここは、典子の部屋とほぼ同じ間取りだ。意匠を凝らした純和風の造りで、天井が高い。狭苦しいビジネスホテルの部屋に比べれば、遥かに上質だが、幸助の琴線には触れないらしい。

「風呂場の前であの青年に会ったよ。小泉くんだったか。一緒に入らないかと誘ったけど、逃げられた。あの年で遺言だなんて、おかしな男だ」

背が高くて猫背の小泉太陽は、典子の長男、彰浩《あきひろ》と同年代だ。二人はどことなく似ていると思った。飄々《ひょうひょう》としていて、無私無欲に見えるところかもしれない。今はこういうタイプを、草食系男子と呼ぶらしい。

「小泉くんといい、酔っ払いの横沢さんといい、あんまり普通の人がいないツアーね。前田さんは常識人だと思うけど」

「そうか？　人間、第一印象だけでは分からんもんだぞ。横沢さんとは、風呂で一緒だったよ。単なる酔っ払いかと思っていたが、意外とまともにしゃべっていたぞ。湯河原は新婚旅行で来て以来だそうだ」

「熱海じゃなくて、湯河原？　珍しいわ。で、どうでした。ちゃんと背中を流し合いながら、辞世の言葉を練ることはできた？」

幸助は、はははと声を上げ、笑った。

「パンフレットに書いてあるように、簡単にはいかんな。しかし、最初は下らんと思っていた遺言ツアーだが、どうしてなかなか面白そうじゃないか」

昼間とはずいぶん態度の違う幸助を、典子は複雑な思いで見ていた。

＊

はっと目を覚まし、腕時計を確認した。六時二十分。夕食は七時から始まる。美月は焦って立ち上がり、服を脱ぐと、浴衣に袖を通した。手ぬぐいとタオルを持って一階に降りて行き、大浴場の引き戸を開けた。脱衣所は閑散としていた。脱衣かごは皆伏せられたままだったので、浴室には誰もいないらしい。

やっぱりみんな、もうお風呂は終わっちゃったんだ。

裸でコミュニケーションを図ろうと思っていたのに、初日からこのていたらくだ。残りはあと、二日半しかない。髪を束ねて洗い場に行き、素早く身体を洗った。シャワーで泡を流すと、誰もいない浴槽にザブリと腰を沈めた。じんわりと身体が温まり、美月は思わず「ああ」と声を漏らした。目をつむると、じーんと耳鳴りの音が聞こえてきた。

みんなもう、遺言書を書き始めたかな？

遺言書の形式については、既に竹上が説明を終えている。難しくはない。遺言者、〇〇は、次の通り遺言する。一、遺言者は、以下の財産を、妻〇〇に相続させる。

二、……。本当に難しいのは、誰にどれだけ財産を分け与えるかを決めることだ。これは、竹上が教えるものではなく、遺言者自らが決めるしかない。
その手助けをするためにあたしがいるんじゃない。なのにこんなところで、ゆっくりくつろいでいてどうするの。

美月はお湯を撥ね上げ、立ち上がった。眠りこけている間に時間を無駄にした。こちらから歩み寄らなければ、向こうは近づいて来ない。タオルで身体を拭き、浴衣を着た。軽くメイク直しをして、そのまま宴会場に直行すると、すでに集まっていた全員が美月に注目した。

「すみません、遅れてしまいまして。皆さん、早いですね」

壁時計に目をやると、ちょうど七時だった。駅に遅れてやって来た篤弘や太陽も、食事の時間には正確らしい。やがて仲居が、膳を運んで来た。季節の野菜や海の幸を、コンパクトにまとめた会席料理である。皆、待ってましたとばかりに箸を握った。

「あの……皆さん、改めて自己紹介をしませんか」

美月が言うと、傍らにいた太陽がジロリと瞳を動かした。

「別にいいんじゃないスか。六人しかいないんだし。あんま、堅苦しくやらなくても」

久恵と目が合ったが、彼女も太陽の言葉に頷いていた。

「もうみんな、顔見知りだから。川内さんも、リラックスなさったら。今日一日、ご苦労さま」

「でも……」

久恵はそれ以上言葉を継がず、あら、美味しそう、これ、と運ばれて来た刺身に目を細めた。

「もう皆さん、遺言書は書き始められましたか？」

美月が質問すると、一同は顔を見合わせ、首を振った。

「そうですよね。今日着いたばかりですものね……」

取り繕おうとする美月を無視し、五人は各々勝手に箸を動かし始めた。ビールを大きくあおっている幸助は、昼間と違いずいぶんとご機嫌な様子である。そんな幸助に、飲み過ぎですよ、お父さん、と娘の典子が眉を顰める。反対に、日の高いうちから酔っ払っていた篤弘は、寡黙になってしまった。久恵は一人、料理を堪能している。外見に似合わず健啖《けんたん》な太陽も、黙々と箸を動かしていた。

食事をしながら、ツアーに参加した動機などを各人に語ってもらおうと思っていたのに、そんな雰囲気ではない。酒を飲ませれば少しは変わるかもしれないと、美月はビール瓶を取り、太陽のグラスに注ごうとした。

「ぼく、未成年ですから。それに、ビールってあんま好きじゃないし」

「あ、そうか、ごめんなさい」

美月はあわてて、瓶を引っ込めた。ツアー主催者が、未成年の客に、宴席で酒を勧めたなどと噂が立ったら、大変なことになる。太陽の隣にいた久恵の席に行くと、あたしも飲みませんから、と笑顔でグラスに蓋をされた。篤弘は酌を受けてはくれたものの、不味《まず》そうに一杯飲んだだけで、黙り込んでしまった。唯一ご機嫌そうな幸助だけが、美月に勧められたビールを飲むと、饒舌に語り始めた。

「いやあ、ここの料理はうまいですな。風呂もよかったですよ。古いが、なかなか味のある旅館だ」

「そうですか。それはよかった。嬉しいです。ところで、斎藤さんは何故このツアーに参加なさろうと思ったのですか」

傍らにいた典子が、顔を上げた。

「うむ……まあ、深い意味はありません。正直、最初はどんなもんかと色眼鏡で見ていましたが、なかなか面白い企画だと思いますよ」

「お父さん。焦らなくていいんですからね。時間は十分あるんだから。あっ、すみません。これ以上父に飲ませないでください。この間の検査で、肝臓のなんとか値が、標準より高めだって言われましたので」

典子に冷たく言われ、美月はしょんぼりと頭を下げた。当然典子も、美月の勧めたビールを断った。自分の席に戻ると同時に、太陽が無言で立ち上がった。もう食べ終わってしまったらしい。じゃ、と軽く会釈しただけで、早くも宴会場を出て行った。

結局ろくな話ができないまま、宴は幕を閉じた。

「皆さん、あの……わたしは、いつでも部屋におりますから、面談の希望があれば内線でご連絡ください」

「ごめんなさい。あたし、夜は早いのよ。明日お願いするわ。あなたもそんなに根を詰めないで、今晩はゆっくりお休みになったら。今日一日、大変だったんだから」

久恵に菩薩のような顔で言われ、美月は口をつぐんだ。皆がぞろぞろと立ち上がり、宴会場をあとにする。

美月の携帯電話が鳴った。画面を確認すると、梶原からだった。

「どうだ、うまくやってるか?」

「ええ、何とか……」

「遺言は、みんな書き始めたか？」

「いえ、まだなようです」

「まだ？　誰も何も書いていないということか？」

「ええ……まあ、そういうことだと思いますが……」

「おい、しっかりしろよ、川内」

電話の声が険しくなった。

「あと一日半しかないんだぞ。大丈夫なのか」

「それは、何とかしますけど……。無理やり遺言書を書かせる必要もないんじゃないかと。斎藤さん、憶えてますよね？　娘さんにせっつかれて、嫌々参加したようですけど、竹上先生の講義を聴いてから、ずいぶんと変わったんですよ。何だかとてもリラックスした表情になって。遺言書も書く気になってるようです。たとえ、ツアーの間に書き終わらなくても、それだけでも進歩じゃないですか」

「できない言い訳を探してるのかよ」

梶原の低い声に、美月の背筋が震えた。

「遺言ツアーと銘打っているのに、結局遺言は誰も書きませんでした、なんてのが通用すると思ってるのか。お前、仕事舐《な》めてないか。社長はこの企画に乗り気だっただろ。なのに、お前は初日からもう音《ね》を上げているのか。お前が立てた企画だぞ。最後まできちんと責任持って、やり遂げろよ。遺言書は一人の例外もなく完成させろ。いいな」

ブツリと電話が切れた。社長がこの企画に乗り気というのは、嬉しくもあり不思議でもあるが、いずれにせよ、もう泣き言は言っていられない。膳を片付けている仲居に礼を言い、美月は立ち上がった。

年寄りは早寝早起きであることを忘れていた。明朝が勝負だ。ロビーを歩いていると、談話室に人影が見えた。太陽だ。ソファに座り、夕刊を読んでいる。

そうだ、彼がいるじゃない。若者にとって、今はまだ宵の口だ。小泉くん、と声を掛けると、太陽が新聞から顔を上げた。

「遺言書、書こう！」

「いきなりですか」

「いきなりじゃないじゃない。キミは、遺言書を書くツアーに参加したんだよ」

「でも、飯食ったばかりだし。もう遅いし」

「遅くないでしょう。まだ八時半だよ。さあ、ちゃちゃっとやっちゃおうよ」

「ちゃちゃっとって……遺言書ってそんな簡単に書いていいもんなんですか」

太陽が新聞を折りたたんで、テーブルの上に置いた。美月は、太陽の正面に腰掛けた。

「簡単に書いちゃいけないけど、考えすぎるのもナンだと思う。そもそも小泉くんは、何でツアーに参加したの？」

「何でって、遺言を書こうと思ったからですよ」

「でしょう。でも、ひとつだけ質問させて。その年齢で、何故書こうと思ったの？」

「年齢制限あったんスか。十五歳から書けるはずだし」

「そうだけど。その、つまり財産とかがあるわけ？」

「一文無しだったら書く意味がないじゃないスか」

「じゃあ、書いてみようよ。あたしが手伝うから」

「なんか、そう言われても、書く気、湧かないんスよね」

「どうしてよ。きちんとやろうよ。書くためにここに来たんでしょう」

「なんつーか、どうしても遺言書かせたいっていう、悲痛な思いが、ひしひし伝わってくるんスよね。こっちの都合じゃなくて、そっちの都合優先みたいな」

「あたしは、自分の職務を全うしているだけ」

「カウンセリングですか？　こんなカウンセリングって、あるんですか」

「これがあたしのやり方なの。書くのサボってる人のお尻を引っぱたくのも、時には必要」

「なんか、そういう上から目線で来られると、微妙にウザいんですけど」

「上から目線なんかじゃない。あたしは……」

「悪いけど、これから風呂行きますんで」

すっくと立ち上がり、太陽は談話室を出て行った。

「分かった。じゃあ、明日また続きをやろう。いいわね」

太陽は美月を振り返らず、ずんずん廊下を歩いて行った。美月は大きく椅子の背もたれに寄りかかった。ふと、テーブルの上に置き去りにされている新聞に目が行った。「自殺者、三万人を超える」という記事が、一面を飾っていた。

何？　あの子はやっぱり、自殺を考えているの？　まさか……。

美月は首を振り、立ち上がった。いずれにせよ、今晩はもうこれでお開きだ。部屋に戻って、ゆっくりテレビでも見ようか。いや、せっかく温泉に来たんだから、もう少しお風呂を堪能してみるのもいいかもしれない。

貸切露天風呂の掲示板には、使用中の明かりが点いていた。かといって、あの大浴場に、また入る気はしなかった。掲示板の脇にある館内図を見ると、本館五階に展望足湯があるという。足湯に浸かり、夜景を眺めながらビールを飲むのも悪くない。部屋に戻って冷蔵庫から缶ビールを取り出し、足湯に向かった。

玄関棟から別館を抜け、本館にたどりつくと、目の前にある階段の勾配に驚いた。昭和初期の建築なのだろう。当時はこんなに急で、ステップも狭い階段が主流だったらしい。手摺に摑まって、恐る恐る上りながら、これでは幸助や久恵にはきついかもしれないと思った。

四階まで上ると、貸切露天風呂の入口があった。さらに階段を上り、最上階にたどりついた。畳十畳ほどの控えの間の向こうに、大きなバルコニーがあり、そこに足湯が設《しつら》えてあった。遠くを見渡すと、藍色の空に、どっしりとした山々のシルエットが映えていた。山の裾野にぽつりぽつりと、民家の明かりが灯っている。

展望バルコニーには、先客がいた。篤弘だ。ベンチに腰掛け、檜《ひのき》の桶に足を浸けて、独りビールを飲んでいる。こちらに気づく気配はなかった。近寄ろうとしたが、急に胸騒ぎを覚えて足を止めた。

篤弘の肩が、震えていた。泣いているのだ。絞り出すようなむせび泣きが、漆黒の山々にこだました。美月はなすすべもなく、その場に呆然と立ち尽くした。

第二章　個人面談

障子の隙間から朝日が漏れていた。時計を見ると、六時四十分。美月は布団から起き上がった。七時半の朝食まであと三十分以上ある。顔を洗って歯を磨くと、本館へ行き、階段を上った。最上階に上ったとたん、目前に広いバルコニーと、見晴らしのよい景色が開けた。結局昨日は、足湯に浸かれなかった。肩を震わせている篤弘に、声を掛ける勇気すらなく、すぐに踵《きびす》を返したからだ。

展望足湯に先客はなかった。美月はベンチに腰掛け、浴衣の裾をまくって、長方形の湯船に足を浸した。足首がジンと温まり、思わず身震いした。目の前には壮大なパノラマが広がっている。昨晩はシルエットでしかなかった山々では、赤や黄色の紅葉が真っ盛りだ。すぐ近くに、源泉を汲み上げる鉄塔が建っていた。まるで石油を採掘しているようだと、美月は思った。

大きく腕を伸ばし、深呼吸した。新鮮な山の空気が肺いっぱいに満ちてゆく。

さあ、今日こそやらなくちゃ。

美月は山々に手を合わせ、無事職務が全うできますようにと祈願した。部屋に戻り、着替えをしてから朝食に向かった。宴会場に入ると、テーブルには、既に人数分の食事が用意されていた。美月が一番乗りらしい。しばらく待っていると、幸助と典子が姿を現した。次いで久恵、太陽。最後に現れた篤弘からは、朝だというのにまた酒の臭いがした。

「すみませんね。朝風呂浴びたら、喉が乾いちゃったもんで、ついまた飲んじゃいました。臭いますか」

椅子に腰かけるや否や、篤弘が隣の久恵に頭を下げた。

「あら、別にいいじゃないですか。旅行中なんですから」

久恵がにこやかに答えた。

太陽は大欠伸をしながら、しきりに頭をかいていた。あの後、本当に風呂に入ったのだろうか。

「皆さま。おはようございます。お食事の前に、本日のスケジュールを確認しておきたいと思います」

美月の言葉に、全員が顔を上げた。

「朝食後、すぐに個人面談に入りたいのですが。ご希望の方、いらっしゃいますか？」

一同は顔を見合わせた。

「あたしは午後で構わないかしら。せっかく湯河原に来たんだから、午前中はこの辺りの観光をしたいから」

久恵が言った。

「それでは前田さんは午後にしましょうか。ですが、時間はもう限られています。今日一日と、明日の午前中しかないのです。皆さん、その辺りをしっかりと自覚なさってください。よろしいですね」

美月が念を押すと、一同が小さく頷いた。

「それではトップバッターは、斎藤さんではいかがでしょうか」

「ん？　わたしか。もちろんいいですよ」

幸助が典子を振り返った。典子は、気乗りがしないような表情をしていた。

「そうですか。それでは朝食の後、すぐに始めましょう。その次は、小泉くんでどうですか」

「うい～っス」

太陽が、右手を挙げた。手には米粒のついた箸が握られたままだ。

「遺言ツアーっスもんね。真面目にやんなきゃ」

と、決して真面目とは思えない、投げ遣りな様子で言うと、勢いよく飯をかき込んだ。

「その後に前田さん。最後に横沢さんということで、よろしいでしょうか」

「おれがトリを務めるんですか。光栄ですよ。こんな光栄はございません、とくらあ」

篤弘が酒臭い息を吐いた。

「では皆さん、よろしくお願いいたします」

朝食を食べ終え、宴会場を出ようとしている時、篤弘が近寄って来た。

「おねえちゃん。昨晩足湯にいたね」

美月の心臓が小さく跳ねた。

「相変わらず、おっぱい大きいねえ」

あわてて胸元を引き締めた時には、すでに篤弘は美月に背を向けていた。美月は去りゆく篤弘の背中を、しばらく呆然と見つめていた。

幸助とは一階の談話室で、カウンセリングをすることにした。予定の時間より五分遅れて、幸助は典子とともにやって来た。幸助は美月を一瞥《いちべつ》すると、瞳をわざとらしく右に寄せ、小さく顎をしゃくった。右脇に立っている典子を指したのだ。典子は、幸助の表情には気づいていない。

「あの、お父様お一人のほうが、よろしいかと思うんですけど」

美月が言ったとたん、典子の眉が吊り上がった。

「どうしてですか？　わたしがいたらお邪魔かしら」

「いえ。そういうことではないんです。カウンセリングは、一対一で行ったほうがよいと思いますので。新庄さんのお話は、お父様の後、別途お伺いするということでは、だめでしょうか」

「わたしには、特段相談することなんかありませんけど。正規の参加者でもないし。まあ、いいわ。お父さんも、わたしがいたらしゃべりづらいこともあるだろうし。部屋に戻ってます。終わったら、連絡ください」

典子は父親の背中をポンと叩き、去って行った。

「どうぞこちらにお座りください」

自分の正面に座るよう、美月は幸助に促した。

「失礼ですが、このツアーに申し込んだのはご本人ではなく、典子さんなんですか」

　幸助は口をへの字に結んだまま、頷いた。

「いやあ、昨晩も言いましたけど、最初は遺言ツアーなんて、縁起でもないと思いましたよ。ですが、お話を伺っているうちに、遺言書の大切さがよく分かりました。わたしのような後期高齢者は元より、もう少し若い人間も、早いうちから書いておくべきだと思いますね」

「おっしゃる通りです。昨晩はあれから草案に取り掛かられたのですか？」

「いや。実はまだなんですよ。書かなくてはいけないとは思うものの」

「何か引っかかることがおありですか」

「うむ。強いて言えば、部屋の雰囲気ですかな。こういう古い旅館は、ご婦人がたには好評のようですが、わたしにはどうも……。湯河原だったら、もっと相模湾寄りのところで、海風に打たれながら辞世の言葉を練るというほうが、わたしの性には合っているような気もしますが、いえ、これは言い訳に過ぎませんね。環境のせいにしちゃいかん」

　幸助は、なかなか書かない理由を明かさなかった。

「書く意思がおありなのに、書かないというのは、残念なことだと思うんです。せっかくこういうツアーに参加なされたのですから、とりあえず仕上げてみてはいかがでしょうか。こう言っては何ですが、参加費用の中には司法書士の相談料も含まれているんです。もったいないとは思いませんか」

「まったくおっしゃる通り」

幸助は腕を組み、再び唇をへの字に結んだ。しばらく待ってみたが、口を開く気配はない。

「斎藤さん。わたしのような小娘にうるさく言われるのは、心外かもしれませんが、明日の昼には竹上先生がここへ戻って来られるんです。それまでに遺言書が書き上がっていなければ、何のための遺言ツアーだったんだ、ということになりませんか」

古い柱時計が、ボーンボーンと時を告げる。幸助は重々しく頷いた。

それから後もいろいろ話しかけてみたが、まるで糠《ぬか》に釘だった。らちが明かないので、また午後にでもお話ししましょうと、この場は一旦切り上げることにした。

幸助が帰ったあとに、内線で典子を呼んだ。十五分ほどして、典子はやって来た。

「どうでした、うちの父は」

椅子に腰を掛けるなり、典子は質問した。

「ええ、まあ……」

美月は口ごもった。何も進展しなかったことを、果たして典子に暴露してよいものか、躊躇《ちゅうちょ》したからだ。

「さっき父と話したんですけど、何も言ってくれなくて」

「何か、ご事情があるのではないですか」

「事情というのは？」

典子の下瞼がピクリと動いた。

「いいえ、それはよく存じませんが」

「あまり、こういうことは言いたくないんですけどね。父に遺言書を書く気にさせるのが、あなたのお仕事じゃありませんか」

「はい。おっしゃる通りです」

「ならしっかりやっていただかないと。あたしたちの〝事情〟のせいにされてもねえ。カウンセラーの先生、事故に遭われたのでしょう。お気の毒ですけど、その大役をあなたが引き継いだのですから、先生に恥をかかせないためにも、ちゃんとやらないと。偉そうなこと言ってゴメンなさいね。でもそう思うでしょう」

「はい。新庄さんのおっしゃっていることは、もっともだと思います」

美月は椅子の上で縮こまった。ガラスのテーブルに、梅干しをしゃぶっているような顔の自分が映っていた。

「まあでも、書かなければ書かないでもいいんですけどね。こういうのって、強制されて書くものでもないし」

典子が溜息をつき、瞳を泳がせた。

「あたしが父に遺言書を書かせたがってると思われるのは、心外なので」

「……それは、別におかしなことではないと思います」

「あなた本当にそう思ってる？」

「はい」

「嘘おっしゃい。あたしは、第三者じゃないのよ。当事者よ。相続人なのよ。つまり父の遺産を目当てにしている人間なのよ」

「そうですけど。お父様が遺言を書かなければ、遺産分割で揉めることが考えられます。だから新庄さんは、当然のことをやられているのだと思います」

「だったら、父を混乱させずに、きちんと導いてください。カウンセラーなんでしょう。一時はやる気になっていたのに、また難しい顔をして黙り込んじゃったわよ。

あなた、一体父に何をしゃべったの？」

「お父様を混乱させるようなことを、言ったという自覚はないのですが……」

「失礼ですが、あなたおいくつ？」

「二十三です」

「っていうことは、入社二年目かしら」

「いいえ、今年の春入社しました。一浪したもので」

典子がわざとらしく鼻を鳴らした。

「考えてみれば、無理があるわよね。うちの父はもう七十八よ。あなたぐらいの孫がいるのよ」

「そうかもしれません。でも、わたし、大学では一応心理学を専攻してました」

「一応じゃねえ。カウンラーの資格も持っておられないんでしょう」

「はい。持ってないです。ですが、資格がなくてもカンセリングをしている人もいます」

「もういいわ」

典子が立ち上がった。

「そもそもあたしは、ツアーの正式参加者ではないし、参加費用も払ってないし。

お手間を取らせてすみませんでした。もうあたしにはお気遣い要りませんから」

典子が軽く会釈して、談話室から出て行った。ひとり部屋に残された美月は、しばらくそのまま動けないでいた。柱時計が再び、ボーンボーンと時を刻み始めた。

＊

二日酔いの後の、胃もたれのような気分だと典子は思った。胃腸薬を飲んだほうがいいかもしれない。

典子はよく、夫や娘から、おかあさんは一言多い、と言われる。しつこいと言われたこともある。言いたいことを言ったあとで、なるほど自分は一言も二言も多いと反省するのだが、性懲《しょうこ》りもなく、同じことをまた繰り返す。あの若い社員に、あそこまで意地悪なことを言う必要はなかった。たとえ彼女の力量に満足していなくとも、もう少し他に言いようがあったはずだ。

部屋に戻ると、ポーチの中をかきまわし、胃腸薬のタブレットを取り出した。錠剤を口に含むや、携帯電話が着メロを奏でた。夫の浩《ひろし》からだ。

「どうだい、そっちは。うまくやってるか」

「ええ、まあ。ぼちぼちね」

「遺言書はもう書いてくれたのか」

「書いてくれそうな雰囲気ではあるんだけど」

「そうか。よかったな。あとひと押しじゃないか。頑張れよ」

「うん……」

　父に遺言書を書いてもらいたい。だが、本人がやる気を出すと、何故か不安になる。再びやる気をなくせば、さらに不安になる。典子の頭の中では、堂々めぐりが続いていた。

「焦る必要はないんじゃないかしら。遺言書なんて、家に帰ってからだって、書けるでしょう」

「ダメだよ」

　浩が即座に否定した。

「せっかくその気になったんだから、今書いてもらわないと。家に帰ってのんびりしちゃうと、また書く気が失せてくるぞ。そっちには専門スタッフがいて、ケアしてくれるんだろう」

「ええ、まあ」

「だったら、書かせなきゃもったいないじゃないか。そのために高い料金払ったんだから」

「そうだけど……ところで、どうだったの、例の社長発表とかいうのは」

典子が旅行に出る直前、浩が、今日会社で重大発表がある、と言っていた。

「ああ、あれか。大したことなかったよ。もう分かりきっていたことだから。また売上が落ちて、プロジェクト開発部が廃部になったんだ。新卒の内定切りをするようなことも言っていたな。来年は新入社員が入って来ないんじゃないか」

「大丈夫なの？」

「冬のボーナスは、一応出るらしいが、夏に比べりゃまた下がるだろうな。今後、会社の業績が回復するとは思えんし、いずれ肩叩きが始まるという噂もある。彰浩は来年大学受験だし、千尋《ちひろ》は高校だろ。もし落ちて、予備校行くなんてことになってみろ。大変だぞ」

「それはそうだけど。でも……だからって、遺産に期待を寄せ過ぎるのは、何だか醜いような気がする」

「今更何を言ってるんだ。お前自身も、遺言書の大切さは認めていたじゃないか。なにも今すぐに、金が必要だと言ってるわけじゃない。このまま行けば、大変になりそうだから、少しでも備えておきたいということだよ。それに、お前はきょうだいの中で、一番親の面倒を見てるんだ。家のひとつでももらわんと、割が合わんだろう」

「まあ、一番面倒を見てるというのはそうだけど」

「彰浩も千尋も、ちゃんと毎週ジイジに会いに行ってるんだぞ。おれだって、晩酌に付き合ってる。うちは家族総出で、お義父さんを構ってやってるんだ」

浩の物言いに、カチンと来た。真心というのは、押し売りするものじゃない。見返りを求めるものでもない。

「お父さんは、ああ見えても結構、何でもできる人だから。あたしたちが心配し過ぎてもよくないと思う」

「だったら何でお前は、お義父さんをそんなツアーに連れて行ったんだ」

典子は口ごもった。

「いずれにせよ、一般論として遺言は書かないより書いておいたほうがいいだろう。だが、今から縁起でもないって、嫌がる年寄りは多いし、お義父さんもそうだった。何長女のお前が代表で、親族全員のために、そんなお義父さんを説得してるんだ。何かやましいところはあるか？」

「わかった。ともかく遺言書は書いてもらうようにするから」

浩はやっと納得して、電話を切った。

典子は小学生の頃からピアノを習っている千尋が、将来は音大に進みたいと言っていたことを思い出した。親のひいき目かもしれないが、才能はあるように思う。レッスンの先生も、本格的にやらせてみてはどうかと以前から言っている。しかし、本格的に音楽をやらせるには、先立つものが必要だ……。

また着メロが鳴った。今度は妹の玲子《れいこ》からだった。

「お姉ちゃん、湯河原にいるんだって？　お父さんと一緒に」

咎《とが》めるような声が耳に響いた。何故玲子は湯河原にいることを知っているのだろう。

「さっき、お父さんの携帯に電話を掛けたのよ。そしたら、何とかツアーに参加して、今、湯河原にいるっていうから。お姉ちゃんと一緒に」

「うん。まあね」

「何だか縁起でもないツアーの名前だったけど、いったいどういうことなの？」

「遺言ツアーって言うのよ」

典子は、ツアーの概要を説明した。

「ふ〜ん。で、お姉ちゃんがお父さんに勧めたわけね。でも何で一緒にいるの？　書くのはお父さんでしょう」

「それは……」

本当は付いて来る気などなかった。幸助がギリギリになって、やはり行かないとダダをこね始めたので、最寄りの駅まで連れて行った。今更キャンセルは利かない。ふと、どうせなら、このまま一緒に湯河原まで行ってはどうかと考えた。荻野屋という旅館を携帯で検索し、連絡を入れてみると、部屋には空きがあるという。予約を入れた後、家に電話して、幸助と一緒にこれから二泊三日のツアーに出かけると伝えた。子どもは二人とももう大きいから、放っておいても問題はない。駅前のコンビニで替えの下着を買って、幸助とともに東海道線に乗った。

「なりゆきで一緒に行ったっていうこと？　本当なの？　最初からお父さんを監視するつもりだったんじゃなかったの？」

「そうじゃないって」

「本当に大丈夫なんだろうね、そのツアー」

先程話した美月の顔が頭に浮かんだ。

「ちょっとゴタゴタしてるけど、まあ信用できるツアーだと思う」

「お父さんを変に丸め込むのは止めてよ」

「丸め込んでなんかいないわよ。遺言書を書くのは、大切なことよ。遺言書がないと、遺産をめぐって、遺族同士の争いが起きたりするんだから」

「それは、あたしも知ってるよ。でも、書くのはお父さん本人でしょう。本人に書く意思がないのに、強制するのはおかしいよ」

「強制なんかしてない。説得してるだけ。そのいい機会が、今回のツアーだった。現にお父さんに、心の変化があったみたい。玲ちゃんは、お父さんに遺言を書いて欲しくないの？」

「そんなこと言ってない。ただ、誰かさんのオーダーメイドみたくなるのは、ちょっとって思っただけ」

「それ、どういう意味？　はっきり言いなさいよ」

電話の奥で鼻息が洩れた。

「まあいいわ。お父さんの近くに住んでるの、お姉ちゃんだもんね。今のお父さんの気持ちを一番理解してるのも、お姉ちゃん。そのお姉ちゃんが考えたことなんだから、任せたほうがいいのかもしれない」

玲子のトーンが急に落ちた。

「お姉ちゃん、昔からいつもお父さんと一緒だったものね」

三歳違いの妹は、子どもの頃よく、いつもお姉ちゃんばっかり、とふくれっ面をしていた。典子は優秀な子どもだった。学級委員に何度か選ばれたし、生徒会の副会長も務めた。そんな姉に比べ、玲子は地味で凡庸だった。幸助は、典子をことさら可愛がり、玲子のことはあまり構わなかった。

典子は大学に進学したが、玲子は高校を卒業すると、遠くの町にある会社に就職し、家を出て行った。以来玲子は、家族とは疎遠になっている。

「お母さんが入院した時には、お姉ちゃんとお父さんに看病任せっきりだったし。あたしも大きなこと、言えた義理じゃないわ」

「実家まで片道二時間以上かかるし、あの頃は優ちゃんのことで大変だったんでしょう」

当時小学五年生だった玲子の長男優斗《ゆうと》は、不登校児童だった。クラスのイジメが原因で、もう学校に行くのは嫌だと、家から一歩も出なくなったのだ。担任の教師や校長と話し合ったが、イジメの存在については否定された。何度話してもらちが明かないので、私立の小学校に転校させたのが六年前だ。

「優ちゃん、元気にしてる?」

「まあ、なんとかね。中学、高校も小学校からずっと同じ私立の学校だから、友達もたくさんいるみたいだし」

　優斗の通っている私立の学費が半端でないことは、典子も知っていた。

「下のが、お兄ちゃんと同じ学校に行きたいってダダこねてるんだけど。さすがに二人は難しいんだよね」

　中三の次男海斗《かいと》は、長男と同じくおとなしい性格で、やはり引きこもりがちだという。

「来年高校受験なんだけど、優斗とは別の私立を受けさせるつもり。そっちのほうが学費、安いから。もう公立はこりごりよ。でも偏差値、高いんだよね。だから今、家庭教師付けてるの。塾は嫌だっていうから」

「お金かかるでしょう。大変だね」

「お姉ちゃんのところだって、大変なんでしょう」

「うん、まあ。今はどこも不景気だから」

「そうだよね。あたし今、パートやってるんだ。週に四回、スーパーのレジ係。お給料めちゃくちゃ安いけど、ないよりマシだもの。俊夫《としお》さんの会社、去年からボーナスが出なくなったんだよ。その代わりに社長直筆の『臥薪嘗胆《がしんしょうたん》』っていうお札もらったの。馬鹿にしてるでしょう」

「本当だね」

玲子のところは、更にひどい状況にあるようだった。

「お兄ちゃんとこも、大変だってこの間言ってた」

「まあちゃんが？　あんた、まあちゃんと連絡取ってるの？」

弟の正則《まさのり》とは、もうずいぶん前から疎遠になっている。去年の正月も、実家に顔を見せなかった。

「そんなに頻繁じゃないけど、半年に一度くらいはね。奥さんのお父さんが、お風呂場で倒れたんだって。幸い一命は取り留めたけど、車椅子になっちゃったみたい。もう、七十八だっていうから」

幸助と同い年だ。

「遺言も大事だけど、やっぱり元気が一番だよ、お姉ちゃん」

「そうね」

「さて、そろそろ出なきゃいけないから切るけど、お父さんのこと、よろしくね。あんまり無理強いしちゃダメだよ」

「分かってる。心配しないで」

通話を終えたあとは何となく不思議な気分だった。もう少し責められるかと思っていたのに、意外にも玲子は冷静だった。典子は幸助の部屋に内線で連絡を入れた。

「これからまた、風呂にでも入って来るつもりだったんだよ」

「じゃあ、あたしも一緒に行きます。なんか上のほうに見晴らし足湯があるっていうでしょう。行ってみましょうよ」

「そうだな。せっかく来たんだから、いろんなものを試すべきだな。ビールでも持って行くか」

「昼間からあんまり飲み過ぎちゃダメよ。横沢さんみたくなっちゃうから」

「なに、ここにいる間だけだよ。温泉に来たんだから。たまにはいいじゃないか」

「じゃあ今からそっち行きます」

部屋をノックすると、缶ビール二つを手にした幸助が出てきた。

「足湯というのは、どこにあるんだ」

「ここじゃないですよ。本館の五階って書いてあったから、ここ真っ直ぐ行って突き当たりだと思うけど」

幸助の部屋のちょうど正面から、別棟に続く廊下が伸びている。廊下を渡り切ると、行く手を階段がふさいだ。

「この階段は年代ものだ。この棟が一番古いんじゃないのか」

「気を付けてくださいよ。急だから」

「なに、おれが子どもの頃、民家の階段はみんなこんな感じだったよ」

幸助が階段の手摺りに摑まった。

「ところで、どうだったんだ、面談は」

「ちょっと川内さんに言い過ぎちゃったような気がする」

「いったい何を言ったんだ」

「本人にとっては落ち込むようなこと。分かってはいるんだけど、頭に血が上ると、つい余計なこと口走っちゃう」

「昔からお前はおせっかいだったからな。だがまあ、おせっかいは、善意から来るもんだから。度を越さなければ、いいんじゃないのか」

「おせっかいというより、あたしは自分に都合よく、人を動かしたいだけなのかもしれない」

突然幸助が、足を踏み外した。缶ビールが音を立て、階段を転げ落ちる。典子は、前のめりになる幸助の背中にあわてて抱きついた。あばら骨が、腕に食い込んだ。久々に抱く父の身体は、思ったより華奢《きゃしゃ》だった。

「お父さん、大丈夫!?」

「大丈夫だよ」

幸助は、ぎりぎりのところで転倒を免れた。激しい動悸が伝わって来る。

「大丈夫だったら。暗いから足を滑らせただけだ」

「気を付けてくださいよ、お父さん。上りだから良かったものの、下りだったら、あたしも助けられなかった」

「下りだったら、もっと気を付けていたよ。なんだ、お前泣いてるのか。大げさだな」

「だって、お父さんが大怪我するのが怖くて。お父さん、注意してくださいよ」

「分かった、注意するから」

「お風呂場で転倒して、救急車で運ばれたりしないでくださいよ。死んじゃ嫌ですよ、お父さん」

「縁起でもないことを言うな。さあ、行くぞ」

＊

いつまでも落ち込んでなどいられない。幸助と典子の面談を終え、しばらく呆然としていた美月は、柱時計の音にハッと身を起こした。次は太陽の番だ。しかし彼には昨晩、拒否された。うまく行く保証はない。

でも何とかしなきゃ。

まだ誰も遺言書を書いていない。皆のんき気に構えている。ぎりぎりになって、結局書けそうもないけど、温泉を満喫できただけでもよかったから、などと言い出しはしないだろうか。梶原が言うように、自分が立てた企画なのだから、きちんと責任を持って、結果を出さなければならない。

美月は談話室から、太陽の部屋に電話を掛けた。呼出音が十回鳴っても、誰も電話に出ないので、受話器を置き、太陽の部屋に行ってみた。

「小泉くん」

引き戸をノックするも、応答はない。戸にはロックがかかっていた。ちょうど番頭が通りかかったので、太陽を見なかったかと尋ねた。

「ああ、あのお兄さんね。大浴場にはいなかったですよ。貸切露天風呂は今誰も使ってないし、足湯の方じゃないですかね」

礼を言い、本館に続く渡り廊下を歩いた。手摺に摑まりながら、急な階段を上り、五階にたどりつくと、男女のペアが仲よくベンチに座って足湯を楽しんでいた。

幸助と典子だ。何だか和やかな雰囲気に包まれている。二人以外に人影はなかった。背を向けようとすると、典子と目が合った。美月はあわててお辞儀をし、その場を立ち去った。館内をあちこち捜し回ったが、太陽の姿はなかった。

「どなたかお捜しですか」

旅館の女将に呼び止められた。

「ええ。小泉さんを捜してます。ほら、ツアーのお客様の中で一番若い、色白で背の高い……」

「ああ。その方なら、さっき表に出て行かれましたよ」

「本当ですか？　どのくらい前に」

「一時間くらい前でしょうかね。フロントに鍵を預けて」

「どこに行くか、言ってなかったですか」

「特に何もおっしゃいませんでしたけど、万葉公園じゃないかしら。観光スポットですし、ここから歩いて五分の距離ですから」

「ありがとうございます。助かりました」

美月は靴を履き、旅館を後にした。昨日通り抜けた温泉街の大門をくぐり、橋を渡って新道に出た。麓《ふもと》の方向に歩いて行くと、「万葉公園」という立て看板が見えた。看板脇の坂道を登り、公園の入口にたどりついた。まだ昼前だというのに、生い茂った木々のおかげで薄暗い園内に、人影はまばらだった。

遊歩道を真っ直ぐ進むと、やがて開かれた場所に出た。人々がベンチに屯《たむろ》している。よく見ると、ただのベンチではなく、足湯施設だった。「独歩の湯」というらしい。

こちらに手を振っている人影に気づいた。久恵だ。その隣に太陽もいた。二人仲よく足湯に浸かっている。施設の入口で入湯料を払い、靴をサンダルに履き替えた。こっちこっち、と久恵が笑顔で手招きしている。太陽はむすっとした顔で一瞥しただけだった。

「川内さん。そんなに目を吊り上げてないで、リラックスリラックス。さあ、こちらへどうぞ」

「はい。お邪魔します」

面談をすっぽかした太陽に、何か言ってやりたかったが、とりあえず久恵の隣に腰を下ろした。久恵を挟んで反対側に、太陽が座っている。

パンツの裾をまくって、湯に足を浸した。途端に、背筋が泡立ち、小さな溜息が洩れた。

「せっかく温泉に来たんだから、のんびりしないと」

「そうですよねえ……」

身体の一部でも湯に浸けていると、ストレスがゆらゆらと抜けていくような気分になる。

「今ね、小泉さんとしゃべってたのよ。近頃の若い人って、いろいろ大変なのね。あたしには孫がいないから、いい勉強になったわ」

久恵が目尻に皺を寄せ、微笑んだ。

「お子さんは独身でいらっしゃるのですか？」

「ううん。子どもじゃなくて、あたしが。この年代の独身女性って少ないと思うけど。ずっと働きづめで、気がついたら一人のまま定年を越しちゃった」

「そうなんですか……ご苦労なさったんでしょうね」

「みんなそう言うけど、そんなに苦労なんかしてないのよ。日本が右肩上がりの時代に就職したから、どんどん後輩社員が入って来たし。気がついたら、女子社員の多い管理部門を任されていた」

「でも大変じゃないですか、管理職って」

「まあ、でもみんな一生懸命やってくれたし、働けば働くほど、豊かになるのが実感できた時代だったから。今はどこも不景気で、安い人件費で従業員をこき使うんでしょう。管理職も名ばかりで、従業員と同じ仕事をやっているのに残業手当ももらえないとか、ひどいわね」

「ホント、そうですよ」

久恵の隣で太陽が頷いた。

「あたしは女だし、仕事一筋ってタイプでもなかったんだけど、結婚しなかったんで、定年までいさせてもらえたの。結構な額の退職金ももらえたわ。あたしたちが小さい頃は、戦争があったりして大変だったけど、戦後の経済成長とともに大人になって、バブルがはじけた頃にリタイアした世代だから。そんなに悪い人生でもなかった。今の若い人のほうがずっと大変よね」

「まあ、確かに就職は大変でした。あちこち落ちまくって、自分に自信を失いかけていた時に、やっと小さな企画会社が拾ってくれて……いえ、あの……」

「いいのよ。小さな会社だからこそ、こういう斬新な企画が生まれたんでしょうから。ツアー募集の広告を見て、あたしもそろそろ真面目に遺言のこと、考えなければいけないと思ったわ」

「ご親族の方はいらっしゃるんですか」

「姉と妹が。二人とも結婚して子どももいる。でもねえ、しばらく会ってないし、そんなに仲がいいわけでもないのよ。それに二人とも、もういい年だから、あたしより先に死んじゃうかもしれないしね、ほほほほ。資産といってもそんなにあるわけじゃないけど、こつこつ小金は貯めていたから。小さなマンションもあるし。寄付でもしようか迷ってるんだけど」

「ぼくも寄付しようか迷ってます」

太陽が言った。

「その年で、相続のことを考えるなんて、近頃の若い人はしっかりしてるのね」

「いえ、全然しっかりなんかしてませんよ」

色白で痩せた青年の横顔を見ているうちに、美月ははっとなった。この年で遺言を書きたがる理由が、分かったような気がしたからだ。

「さて、そろそろあたしは上がって、また少し散歩でもするわ」

久恵が美月のほうを振り向いた。

「どう？　リラックスしたでしょう。面談でもこんな感じで、肩の力を抜いて、お話の続きをしましょうね」

「はい」

独歩の湯を出て、再び公園の中を歩いた。久恵は年の割に、歩みが早い。太陽と美月が久恵のすぐ後ろを歩いた。むすっとしている太陽に話しかけたかったが、隙を見せてはくれなかった。

「紅葉がきれいねえ」

木漏れ日に目を細めながら、久恵が呟いた。日はもう高く昇っている。小川のせせらぎが山間にこだました。

遊歩道の脇に小さなお社《やしろ》があった。入口にはミニチュアサイズの鳥居が、幾重にも連なっている。

「ねえ、ちょっと寄って行かない？」

久恵の言葉に頷き、四つある鳥居をくぐった。社の脇には「狸福《りふく》神社の由来」という、看板があった。そう言えば、湯河原温泉は狸が見つけたという言い伝えがあるらしい。

「あっ、キノコが生えてる。珍しいキノコねえ」

小川に面した斜面に、笠の大きなキノコが生えていた。久恵が膝を曲げ、手を伸ばしたが、なかなか届かない。

「危ない！」

美月が思わず声を上げた時には、バランスを崩した久恵の足が浮いていた。でんぐり返しを打った久恵は、そのまま斜面をずるずると滑り落ちてゆき、一本の木のところで止まった。木の下は崖だった。それ以上落ちたら、かすり傷では済まされない。

「前田さーん、大丈夫ですかあ？」

太陽が声を上げると、大丈夫と返って来た。

「大丈夫よ。一人で登れるから」

久恵が木の幹に摑まり、体勢を立て直した。五メートルほど勾配を下った場所だった。

「無理しないでください。今、行きますから」

傾斜は、荻野屋の階段ほど急ではない。太陽が久恵のいる位置まで降りようと試みた。

「気を付けてよ」

「大丈夫です。山登りとか、結構得意ですから」

そういうタイプにはまったく見えない太陽だが、するすると身軽に降りてゆくと、あっと言う間に久恵のところまでたどりついた。

「怪我はないですか」

「大丈夫。土が柔らかいから。かすり傷もないみたい」

「よかった。ぼくの肩に摑まれますか」

「すまないわねえ」

久恵が太陽の背中におぶさった。太陽が灌木を摑みながら、斜面を登り始める。

美月が手を伸ばすと、重いから止めたほうがいいです、と断られた。何とか登りきった太陽は、久恵を背中から下ろし、その場にへたりこんだ。強がりを言っていたが、やはりきつかったのだろう。肩を上下させ、荒く息を吐いている。

「お怪我はありませんか」

美月が、久恵の服についた泥を叩《はた》いた。

「大丈夫みたい。まったく、足腰は丈夫なほうだと思っていたのに、嫌になっちゃう。小泉さん、本当にどうもありがとう。重かったでしょう」

「大丈夫っス。人の役に立てたなんて、初めてのことなんで、嬉しいです。やっぱ、普段から身体を鍛えておかないといけませんね」

「歩けますか」

「もちろん。川内さんにもご心配おかけして、すみません。早く帰って着替えをしたいわ」

三人は再び鳥居をくぐり、公園の出口に向かった。

「小泉くん、どうもありがとう。あなたのおかげで、ツアーから怪我人を出さずに済んだわ」

美月が太陽の袖を引っ張り、囁いた。

「また、自分の都合っスか」

太陽がギロリと瞳を動かした。

「いえ、そんなつもりで言ったんじゃ……」

太陽は大股で美月から離れて行った。


どうしてこうなるんだろう。美月は露天風呂に肩まで浸かり、考えた。

答えは簡単だ。悲惨な結果に終わったアニメイベントのコンパニオンをやった時は、アニメのことなどほとんど何も知らなかった。今回も遺言書のことなどほとんど何も知らず、ツアーを仕切っているからだ。つくづく自分は進歩していないと、美月は独りごちた。

露天風呂と銘打っているが、バルコニーに設えた、半露天風呂というのが正解だろう。竹のブラインドの向こうには、紅葉の林がある。外気に晒されているので、湯に浸かっていなければ、風邪を引いてしまう。最初は首から上だけが寒かったが、次第に身体全体がぽかぽかと温まって来た。

太陽はあの様子だったので、先に久恵と面談することにした。約束の時間まで、ちょうど空いていた貸切露天風呂でリラックスしようと試みたが、悩みは尽きなかった。今度こそ、実のある面談にしたい。早く執筆に着手するよう、遺言者を誘導したい。どうしたらいいのか……。

冷たい風が、紅葉の葉っぱをかさこそと鳴らした。思わず身震いした時、北風と太陽の寓話を思い出した。北風と太陽が、どちらが旅人の服を脱がせることができるかという勝負をする。北風が力いっぱい吹いても、旅人の上着は吹き飛ばない。きつく胸元を抑えているからだ。ところが、太陽が照りつけると、旅人は自ら上着を脱いだ。

無理強いするとうまくいかない。相手の立場を慮《おもんぱか》れば、突破口は自ずと開ける。

カウンセリングでも基本は同じだ。教えようとしない。批判しない。評価しない。聞き役に徹する。そうすれば、相手は自分自身で問題を解決してゆく。学校で教わったはずなのに、すっかり忘れていた。

太陽に自分の都合ばかりと言われたのは、当たり前だ。美月には、遺言書を期限内に作成させることしか見えていなかった。遺言者の気持ちを、ないがしろにしていた。

彼らは何故、遺言ツアーに参加したのだろう。彼らの悩みとはいったい何なのだろう。まずは真摯《しんし》に耳を傾けることから始めなければ。そして彼らにもっと、心を開いてもらわなければ。

気合を入れ、立ち上がった。とたんに身体が冷気に触れ、身震いした。ブラインドの下に置いてあった、夏の名残りの蚊遣《かや》り豚が、キョトンとした目でこちらを見ていた。

服を着て露天風呂を出た。談話室に行くと、ソファの正面にあった椅子を、ソファと直角になるよう移動し、腰を落ち着けた。頭の中を整理しながら久恵の到着を待った。

「お待たせ」

久恵は小花模様のシャツとグレーのパンツに着替えていた。

「どうぞ、こちらにおかけになってください」

久恵がソファに腰かけた。L字型の理想的なポジションだ。真っ正面に座っていると、相手は緊張感や圧迫感を感じてしまう。幸助との面談では、そういう座り方をしていた。

「何か飲まれますか」

「そうね。それじゃレモンティーでもいただきましょうか」

内線でフロントを呼び、レモンティーを注文した。

「どうですか、湯河原は」

美月が切り出すと、久恵が、とってもいいところ、と目尻に皺を寄せた。

「東京からも近くて。ここは山だけど、三十分も歩けば海に着くでしょう。なかなかないわよ、こういう温泉は」

「温泉はよく行かれるのですか」

「まあ、そんなに頻繁じゃないけど、一人でちょこちょこ出かけるのが好きなの。去年の秋は草津温泉に行ったわ。温泉だけじゃなくて、普通の観光旅行にもよく行くわよ。海外にも」

久恵はしばらく趣味の旅行のことを話した。美月は相槌を打ちながら聞き入った。

やがて、レモンティーが運ばれて来た。

「ごめんなさいね。本題と関係ないことばかりしゃべって。そろそろ遺言のこと相談しなければね」

「いえ、いいんですよ。ご旅行はいつもお一人なんですか。友達とか、ご家族と一緒に行かれることはないんですか」

「ないわねえ」

久恵がカップに砂糖をたっぷり入れ、かき混ぜた。

「友達というより知り合いなら、近所にいるけど、とても一緒に旅行をするような雰囲気ではないわねえ。二軒隣に一人暮らししている、あたしと同じくらいのおばあちゃんで、あまり表に出ない人なの。お子さんは遠くに住んでるし、三年前にご主人を亡くされてからは、ますます引きこもりがちになって。ああなっちゃったらダメよね。人生もっと楽しまないと」

「確か、お姉さんと妹さんがいらっしゃるんですよね。あまり仲がよろしくないとか」

「別にいがみ合ってるわけじゃないのよ。彼女たちには家族もあるし、離れたところに住んでいるから、もうずいぶん前から会ってないの」

「最後に会ったのは、いつですか？」

「三人で？　そうねえ、四年くらい前かしら。姉妹で京都に行ったことがあって」

「へえ、仲がおよろしいじゃないですか」

「でも、なんで京都になんか行ったのかしら。そうそう、妹が友達と京都へ行く約束をしていたけど、急に友達が来られなくなって。それで姉に声を掛けたら、久恵ちゃんも一緒に誘おうってことになったみたいで。でも、行かなきゃよかったわよ。妹とあたしの意見がいつも合わなくてね。妹が金閣寺に行きたいと言えば、あたしは清水寺のほうがいいって反対して。二人とも気が強いから。姉はおっとりした性格で、どちらの側にもつかないの。どっちでもいいって言うだけ。姉がはっきりした意見を言わないから、妹二人の意見はいつも平行線で、何も決まらなくて。もったいないわよね。観光より、喧嘩に割《さ》く時間の方が長かったんだから。しまいには優柔不断な姉に、怒りの矛先を向けたりしてね。姉は泣きだすわ、妹は金切り声を上げるわ、もうみんないい歳なのに、子どもみたいに遣《や》り合って」

「それって、仲がいいことの裏返しじゃないですか。本当に仲が悪かったら、とっくに別行動取ってませんか」

「そう思う？　あなた、ご兄弟は？」

久恵が紅茶を一口飲むと質問した。

「三つ違いの兄が一人います」

「仲はよろしいの？」

「と思います。小さい頃のわたしはやりたい放題で。兄のお菓子を奪って食べたり、おもちゃを隠したりしていたんです。そんなことをされても、怒らない兄でした」

久恵が、お転婆さんだったのね、と目尻を下げた。

「それである日、兄が描いた水彩画を見つけて、その上にクレヨンで目いっぱい落書きしたんです。どうせまたニコニコしてるだけだろうと、高をくくっていました。ところが兄は、どうしてこんなことをした、と真っ赤になって怒りだし、わたしを殴ったんです。小さなわたしは注意して見ていなかったのですが、兄が描いたのは、一家四人で旅行をしているスケッチでした。何かのコンクールに出すつもりでいたようです。愛情込めて描いた家族の顔を、クレヨンで塗りつぶしたんですから、わたしの罪は大きいです。でもその時は、殴られたショックで、わたしは大泣きするばかりでした。何もそんなに思いきり殴ることないじゃない、痛いよって、自分のことしか考えていませんでした。それからわたしと兄は、ろくに口も利かなくなり、そんな状態が五年ぐらい続きました」

「五年も？」

「ええ。お互い意地を張ってたんでしょうね。わたしが謝れば、兄もわたしを殴ったことを謝るのは知っていました。でもなかなか言い出せなくて。気づいたら五年経っていました。もうお互い大きくなっていたし、普通にまた会話をするようになりましたけど、未だにわたし、謝っていないんです」

「あなたは今でも謝るべきだと思ってる？」

美月は、はいと答えた。

「そうよね。謝るべきなのよね。家族って、近い存在だからどうしても甘えちゃう。それでも親子の間なら許されるけど、兄弟というのはちょっと微妙よね。あの京都旅行から、あたしたちもおかしくなった。未だにぎくしゃくしてる。香苗《かなえ》ちゃん――妹のことだけど、とあたしって、小さい頃はいつも一緒にいたの。父は戦争に行って、母は父の代わりに働いて、姉は学徒動員で工場の寮に入っていたから、幼い香苗ちゃんの面倒を見ていたのは、あたし一人。我の強い子で、我がままばかり言ってたけど、あたしはできる限り彼女の言うことを聞いてあげた。でも、内心では何であたしばかりって思ってた。ある日ついに堪忍袋の緒が切れて、大声で怒鳴ったことがある。そしたら、わんわん泣き出しちゃって。わたしは耳ふさいで、うるさいって、さらに怒鳴って。今から思えば大人げないわよね」

「何か直接的な原因があったんですか」

「あったと思うけど、もうずいぶん前のことだから思い出せないのよね。妹の泣き顔だけを鮮明に憶えてる。赤ん坊みたいに、真っ赤になって泣きじゃくるんだもの」

久恵はしばらく考えていたが、やがて首を振った。

「やっぱり思い出せない。何だか気になってきちゃったけど。思い出せないといえば、姉の小さい頃の記憶もあまりないの。年が六歳離れていたし。いつも忙しそうにしていたから、ちょっと近寄りがたくて。優等生でね。母も姉に全幅《ぜんぷく》の信頼を寄せていたわ。家の手伝いをしながら、女学校でも一番の成績とか取って。戦争が終わったらすぐに遠くへ嫁いで行ったから」

「さっきお姉さんは、おっとりした性格だとおっしゃってましたよね」

「え？　ああ、そうね。姉は、おっとりしているわ。頭はよかったのに、がつがつしたところがなくて。子どもの頃からそんな感じだったかしら。そうそう。勉強教わったことがあったわ。分数の割り算とか、姉が淡々と説明してくれるんだけど、あたしにはまるっきりチンプンカンプンで。ほら、分母と分子を逆にして、こうすれば簡単でしょう、とか言うんだけど、あたしはついていけなくて。やっぱり頭の構造があたしとは違うんだって思った。あたしは努力してやっと、クラスで十番以内に入るような子どもだったから」

「ずいぶん思い出せたじゃないですか」

「あら、そうね……あたし実はね、さっきも公園で言ったけど、遺産は全部寄付しようかと思っていたのよ。家の近くに教会があって、ホームレスの人たちのために炊き出しとかやってるから、そういうところに寄付してもいいかなって。でもあたしはキリスト教徒じゃないし、やっぱり少し変かしらと思っていたの。あなた、どう思う？」

「信者じゃなくても、教会に寄付する人はいると思いますよ。前田さんは、キリスト教徒になるおつもりはないんですか」

「分からない。なるかもしれないし、ならないかもしれない。でも信者になったから、いっぱい寄付するっていうのも、おかしな考えだと思うの。あたしが寄付したいのは、教会というより、恵まれない人たちなんだから」

久恵がレモンティーに口をつけ、冷めちゃったわね、と呟いた。

「でもやっぱり、血の繋がった人間も、ないがしろにできないわね。さっき小泉さんに助けてもらった時、甥のことを思い出したの。あれは確か母の十三回忌の時だったわ。親戚一同が山の上のお寺に集まってね。石段を登ってる時にあたし、足をくじいちゃったの。そうしたら眉目秀麗《びもくしゅうれい》の青年がどこからともなく現れて、わたしに手を貸してくれて。誰かと思ったら、トモ君だった。妹の息子の。すっかり大きくなって、背も伸びちゃって。小さい頃は、鼻水垂らしながら、よく不二家《ふじや》のポップキャンディーなんか舐めてたのに、しばらく見ないうちに……あっ、思い出した！」

「何をですか」

「あたしが、何故香苗ちゃんを怒鳴ったか……」

「どうして怒鳴ったんですか」

「あまり言いたくないことだわ」

「言いたくないなら、言わなくても構わないんですよ」

「いいえ。やっぱり言うわ。あなたには聴いて欲しいもの。あれは、近所の八幡様でお祭りがあった時だった。あたしはまだ小さい香苗ちゃんの手を引いて、見物に出かけた。いろいろな露店が出て、大層なにぎわいだったのよ。小さな女の子が、あたしたちの前を通り過ぎた時、妹の目が彼女の手にしていたものに釘付けになった。それは棒つきのべっこう飴だった。ひーちゃん、あれが欲しいって妹があたしの腕を引っ張った。あたしは、ダメだよって首を振った。お祭りで買い食いするのは禁止されていたから。妹がもう一度、欲しいってダダをこねた。いつものことだから、無視していれば良かったんだけど、親指をしゃぶりながら、物欲しそうな目で女の子を見ている香苗ちゃんが、だんだん不憫《ふびん》に思えてきて。いえ、これは言い訳に過ぎないわね。あたしも実は飴が欲しかったの。妹が三度、ひーちゃんって腕を引っ張った時、覚悟を決めた。べっこう飴の露店では、ちょうどお客さんが途切れていたの。鳥やカエルの形をした棒つきべっこう飴が、お花みたいににょきにょき屋台のカウンターから生えていて、手を伸ばせばすぐにでも摘めそうだった。屋台のおじさんが、隣の屋台のおばさんと立ち話を始めた時、あたしはそっと手を伸ばした。素早く二本の棒を抜くと、妹の手を引っ張って、足早にその場を離れた。生まれて初めての万引きだったわ。最初で最後の」

久恵は、冷めてしまったレモンティーを飲み干した。美月は口を挟まず、ひたすら久恵の言葉に耳を傾けた。

「妹は大喜びだった。あたしも一口舐めてみたら、あまりの美味しさに、頬が痛くなるほどだった。今と違って、甘いお菓子なんて、そんなにない時代だったから。二人で飴を舐めながら歩いていると、後ろから声を掛けられた。振り返ると母だった。あら、どうしたのその飴？　いきなり質問されて、あたしは口ごもった。人からもらったって言おうかと思ったけど、やっぱり嘘はつきたくなかった。万引きした上に、嘘までつく勇気はなかったから。かと言って、本当のことを言う勇気もなかった。母の怪訝な目が辛かったわ。でもあたしには、口をつぐんで、もじもじすることしかできなかった。そうしたら突然妹が、あそこから持って来たよ、って露店の方を指差したの。母の眉が見る見る吊り上がっていったわよ。それ、どういうこと？　お金も持ってないのに――あたしは、口をきつく結んだまま、すすり泣きを始めた。妹が不思議そうな顔で、あたしを見上げていた。母があたしの腕を引っ張って、屋台まで連れて行った。母はお店の人に深く頭を下げると、次の瞬間、思いきりあたしの頬を張った。転がるように倒れたあたしは、その場で泣き崩れた。何ごとかと人がたくさん集まって来て、あたしを見下ろしていた。立ちなさい！　と鋭く母が言った。襟首を摑まれ、無理やり立たされると今度は、お店の人に謝りなさい、って命令された。お店の人は、もういいですよ、お母さん、って言ってたけど、いいえ、謝らせます、ってあたしの頭を小突いて。ごめんなさい、もう絶対こんなことはしません、って頭を下げた。そしたら足元の地面に、あたしが手にしていたべっこう飴が落ちてるのが見えたの。早くも蟻が群がっていたわ。謝るのは当たり前だけど、その時はすごく辛かった。だからこの記憶を、心のどこかに封印してしまったのね。今まで思い出せなかったのは、そのせい」

久恵は背筋を伸ばし、小さく嘆息した。

「家に帰ったあとも、あたしにだけ晩ご飯はなかった。妹は謝らなかったし、ご飯を食べることも許された。まだ、三歳になったばかりだったから、妹に罪がないのは分かっていたけど、やっぱり納得がいかなかった。妹の我がままを聞いてあげたから、こんなことになったんだ、あたし一人だったら、絶対万引きなんかしなかったのにって。それで、香苗ちゃんを呼び出して、大声で怒鳴ったのよ。あんたのせいだ、あんたが我がまま言うからこんなことになったんだ、もうあんたの言うことなんか絶対聞かないって。妹は、わんわん泣き出した。あたしは、妹の口を掌でふさいで、うるさい、って何度もお尻を叩いて。子どもって残酷よね。妹には本当に悪いことをした。でも未だに謝っていない。あなたと同じ」

「謝るのって難しいですよね……もし、面と向かって謝りづらいのであれば、遺言書に書いてみてはいかがでしょうか」

「そうね。それもひとつの方法かもしれないわ。だったら、もっといろいろ思い出さないと。感謝の言葉だって言いたいし。あたしが死んだ後に開封されるんだから、どんなに恥ずかしいことだって書けるわね。本音だって言えるわね。何だかだんだん見えて来たわ。あなたのおかげよ。あたし、姉妹や親戚に対して無関心過ぎた。今まで彼らがあたしにしてくれたことの整理もしないで、遺産はどこかに寄付したいなんて、安易過ぎたわ」

「でも、今ちゃんと整理ができたじゃないですか。こういうのって、心の棚卸って言うんだそうですよ」

「心の棚卸？　確かにそうだわ。遺言書って、心の棚卸をする作業だったのね。相続するのは何も財産だけじゃない。遺言者の心だって、相続するんだから」

久恵がすっくと立ち上がった。

「ようやく決心がついた。書けそうよ、遺言書。あなたと話してよかった。ありがとう。さっそく取り掛かってみる」

第三章　子どもの遺言

目の前には、山々のパノラマが広がっている。赤や黄色の紅葉が、本当に綺麗だ。これだけでも、この季節に湯河原までやって来た甲斐があると典子は思った。傍らでは幸助が美味しそうにビールを飲んでいた。日の光の下で見ると、瞼や首のたるみが目立つ。無理もない。父はもう七十八なのだ。

「いい景色」

「ああ、最高だ」

冷たい風が吹いているが、アルコールと足湯のおかげでぽかぽかと温かい。

「玲ちゃんから電話があったでしょう、さっき」

「何で知ってるんだ」

「あたしにも掛かって来たから。あたしがお父さんを遺言ツアーに連れ出したのを知って、心配してた」

「そうか」

「玲ちゃんとはよく電話でしゃべるんですか？」

「ん？　まあな。三日に一遍は電話が掛かってくるから」

「そんなに？　全然知らなかった。何で言ってくれなかったんです」

「訊かれれば答えていたよ」

「いったいどんな話、してるんですか」

「他愛ない話だよ。元気かとか。お姉ちゃんはどうしてるとか」

「お姉ちゃんによろしくぐらい言えばいいのに。そうしたらあたしだって、玲ちゃんがお父さんのこと気にしてたんだって、分かったのに」

「シャイだからな。あいつは」

　幸助がビールを一口飲み、小さなゲップをした。

「実は最初に電話を掛けたのは、おれなんだよ。母さんの葬式で、久しぶりに玲子に会って。それからしばらくして、どうしてるだろうと気になって、連絡を入れてみた。最初は驚いてたけどな。何度か電話を掛けているうちに、向こうも慣れてきたみたいだ。今じゃ玲子のほうから連絡が来る」

「仲よかったんですね」

「別に喧嘩していたわけじゃないさ。ただ、玲子が小さい頃は、どう扱っていいやら分からなかった。無口で、泣き虫で、着せ替え人形ひとつで、何時間でも部屋にこもって遊んでるような娘だったから、男親としては近寄り難かったんだ。だから玲子の躾《しつけ》は母親任せにしていた」

「あたしはそうじゃなかったでしょう」

「お前は、手のかからない子どもだったよ。意地っ張りで、頑丈で、ちょっとやそっとのことじゃへこたれなかった。男の子に殴られたら、三倍にして殴り返していただろう」

「それはちょっとオーバーだわ」

　幸助がわははははと笑った。笑い声が山間にこだまし、まるで山もわはははと笑っているような気がした。

「気づいたら、お前ばかり構って、玲子を置き去りにしていた。悪いとは思いつつ、どうすることもできなかった。あいつ、高校卒業したらすぐに家を出て行っただろう。やっぱりいづらかったんだな。正則もまあ、似たようなもんだろうが」

　弟の正則は、運動神経に恵まれていた。九歳の時からリトルリーグで野球を始め、スポーツ推薦で、甲子園出場経験もある私立高校に進学した。

　ところが高校一年の一学期に、悲劇は起きた。車で球場から帰る途中、交通事故に遭ったのだ。運転していたのは幸助で、同乗者は正則しかいなかった。対向車がいきなりこちらの車線に入って来たため、あわてて避けた拍子に電柱に激突した。幸い幸助に怪我はなかったが、正則は右肘を骨折した。医者からは野球を止められた。肘を酷使すれば、いずれ使いものにならなくなるという。

　酷使する以前に、もう使いものになっていないことは、正則自身が自覚していた。日常生活には支障がないものの、ボールを遠くまで投げるのはもはや不可能で、バットを扱うこともままならなかった。

「あの事故はお父さんの責任じゃない。相手が悪いんでしょう。酔っ払い運転で、こっちの車線にはみ出して来たんだから」

「それはそうだが、おれがもう少し機敏にハンドルを切っていれば、事故は免《まぬか》れていたかもしれない」

　希望に燃えて進学したのに、たった三ヶ月で将来の夢を断たれた正則は、野球部を退部した。スポーツ推薦の特待生だったので、退部したら退学になると、学校側には冷たく言われた。

　別の高校に編入したものの、不登校の日々が続き、そのうち悪い仲間とも付き合い始めた。一度幸助がきつく意見したことがあるが、正則はプイと横を向いて家を出て行ったきり、三日間戻らなかった。

「実はな、正則にも連絡は入れてるんだよ。月に二回程度だが」

「へえ、そうだったんだ。まーちゃん、元気にしてます？　お義父さんが大変とか、玲ちゃんに聞いたけど」

典子は、知らぬ間に自分を除く家族が親密な関係になっていたことに、わずかながら嫉妬を覚えた。

「確かにいろいろ大変みたいだな。お義父さんのこともそうだろうけど、今、中小の町工場はバタバタ潰れているから。工場はみんな、人件費の安いベトナムとかタイに拠点を移してるだろ」

高校を中退した正則は、遊び仲間だった少女と結婚した。少女の実家が、島根で小さな町工場を経営していたため、将来の跡取りとして婿養子に入るという約束だった。何もしないでふらふらしていた正則は、結婚を機に真面目に仕事をするようになった。

「久しぶりに皆で会いたいわ」

「ああ、そうしたいところだが、難しいんじゃないか。正則も玲子も家族連れじゃなきゃ来れんだろう。大変だぞ」

「それはそうだけど、面倒くさがってたら、何もできないでしょう。やっぱり家族で顔を突き合わせるっていうのは大事ですよ。あたしも、まーちゃんや玲ちゃんと、久しぶりにいろいろ話してみたいし」

「そうだな。考えてみるか」

階段を上って来る足音がしたので、振り向くと美月だった。あっと思った時には、美月はぺこりと頭を下げ、すぐに背を向けていた。

「水入らずを邪魔したくなかったんじゃないのか。気を遣わんでもいいのにな」

「そうじゃなくて、きっとあたしが煙たかったんでしょう。やっぱりきちんと謝っておいたほうがいいかな。彼女だって上の命令で、一人だけ残されて苦労してるんでしょうから」

幸助は黙ってビールを飲んでいた。

「ところでみんなは、何をしてるのかな」

「もう遺言書、書き始めた人、いるかも。でもちゃんと書いていそうなのは、前田さんくらいかしらね。小泉くんとか、まだ十九歳なのにこんなツアーに参加するなんて、何考えてるのかしら」

「まあ、本人にもいろいろ思うところがあるんじゃないのか」

「いろいろと思うところって、何ですか」

幸助が飲み干したビールの缶を、ベンチに置いた。

「昨日の晩、十一時過ぎ頃かな、また風呂に入りに行ったんだよ。そうしたら、小泉くんがいた。晩飯を食う前に風呂に誘った時は逃げられてしまったが、今回は逃げようがない。もう裸だったからな。彼も観念したようで、自分から話しかけてきた。なかなか頭のいい青年だよ。ただ、人見知りなんだろうな」

「近頃の若い子はみんなそうでしょう。特に男の子は。彰浩もあんな感じだもの」

「だが彰浩は、何不自由なく育っているだろう。小泉くんのご両親は、今年の春に亡くなられたそうだ。交通事故で二人一遍に。兄弟のいない小泉くんは、一人ぼっちになったらしい」

「そうだったんだ……知らなかった。お気の毒ね」

「正則の若い頃を思い出したよ。あの年齢でつらいことがあると、自分の殻に閉じこもって、世の中を斜に構えて見るようになる。だがそれも、いずれ時が解決するだろう」

「彼と仲よくなったみたいですね」

幸助が目を細めた。

「小さい頃は、おじいちゃん、おばあちゃん子だったんだそうだ」

「彼の可哀そうな境遇はともかく、それと今回のツアーがどう関係するのか、やっぱり分からないわ」

「小泉くんは今、人生についていろいろ思索をめぐらせている最中なんだろう」

「何だかよく分からないけど、探し求めているものがあるのなら、早く見つかるといいですね」

「そうだな」

「それからあの人、横沢さん。また今日も朝からお酒飲んでた。あっ、他人のこと言えないか」

「まあ、人それぞれ悩みがあるんだろう。しかしあの年で飲み過ぎは良くないな。身体を壊す」

「お父さん、注意してあげればいいじゃないですか。一番年長なんだから。川内さんにはああいうの、ちょっと荷が重すぎるし」

「分かった。今度注意しておくよ」

「湯河原には昔、新婚旅行で来たんでしょう。どうしてここで遺言書こうなんて思ったのかしら。おまけに、酔っ払ってるだけで、真面目にやる気配がまるでないし」

「まあ、人それぞれだからな。そろそろ上がるか」

「いいですけど。これからどうするの」

「天気がいいから散歩でもしよう」

「そうね」

湯から出て、濡れた足をタオルで拭いた。典子は幸助の腕をしっかり支えながら、階段を下りた。

それにしても、幸助の家には最低週一回は通っているが、これほど親密に語り合ったことなどなかった。幸助の足腰が、年相応に弱っていたことにも初めて気づいた。

「それじゃ、十分後に一階のロビーで」

幸助と別れ、部屋に戻る時、篤弘とすれ違った。会釈したが、心ここにあらずといった風情だ。朝食の時はふざけていたのに、今は魂の抜け殻のような顔をしている。大丈夫なのだろうか。典子は去りゆく篤弘の背中を、しばらくじっと見つめていた。

幸助と連れだって表に出た。万葉公園の紅葉が綺麗だと女将に聞いたので、行ってみることにした。空は雲ひとつなく晴れ渡っている。空気は冷たいが、日なたにいれば寒さは感じない。小鳥が元気よくさえずりながら、高い空を舞っていた。

「こんなにのんびりしたのは久しぶり」

「ああ、そうだな」

藤木川のせせらぎが耳に心地よい。カモが河原で羽繕いをしていた。

「湯河原って、いいところだわ」

「箱根《はこね》の温泉は昔家族で泊まったことがあったが、湯河原は初めてだな」

「えっ、そうでしたっけ？」

「そうだよ。忘れちまったのか。車でよく出かけただろう」

小さい頃の記憶を呼び起こした。幸助が当時はまだ珍しかった運転免許を取り、中古のコロナを買ってきた。典子と正則は大喜びして、競い合うように運転席に座り、ハンドルをいじったり、クラクションを鳴らしたりした。幼稚園の年長になったばかりの玲子は、シートの上でぴょんぴょん飛び跳ね、頭を天井にぶつけて大泣きした。

週末はいつもドライブに出かけた。父と母が運転席と助手席に座り、子ども三人が後部座席に陣取った。今の車に比べれば恐ろしく狭い車内で、後部座席中央の床が山のように盛り上がっていたので、真ん中に座る人間は大変だった。この真ん中のシートをめぐり、典子と正則はいつも喧嘩をした。たいていは典子が勝ち、正則は姉と妹に挟まれ、身を縮めて座っていた。

「箱根湯本《ゆもと》には二泊しただろう。お前が確か、小学校三年の時だ。憶えてないか」

「何となく思い出した。坂をぐるぐる下っていたわね」

カーブを曲がる度に、左右に身体が傾き、きょうだい三人で大はしゃぎした。そのうち、潰されそうになった玲子が泣きだし、正則も気持ちが悪いと訴えた。膝を立てた姿勢で長時間胃を圧迫した挙句、カーブで揺さぶられたので無理もない。待避所で一旦車を降り、典子が正則の代わりに真ん中の席に移った。カーブを曲がる時も、腕をドアに押し付け、玲子に体重がかからないよう注意した。

温泉の記憶はあまりなかった。風呂嫌いの子どもにとって、温泉というのは魅力的な遊び場ではない。その代わり、旅館のゲームセンターで、兄弟仲よく遊んだことを憶えている。

「小さい頃は仲よかったんだわ、あたしたち」

当時、マイカーを持っている家はまだ少なかった。三軒隣の家の子どもに、コロナなんて貧乏人が乗る車だと言われたことがあった。その家ではクラウンを買ったばかりで、クラウンこそが日本で一番かっこいい車だという。最初は、正則と一対一で口論していたようだが、そのうち五年生の兄も出てきて、二対一の言い合いになった。正則が言い負かされ、泣きながら帰って来ると、今度は典子が加勢し、再び言い合いとなった。クラスの女子は全員、クラウンなんか大嫌いだと大嘘をついて、典子は敵を追い詰めた。クラウンはおじさんが乗る車、だから女の人は乗りたがらない、乗ってるあんたたちは、おじさん小学生だと学校中の女子の笑いものになっている——。

嘘だ、と叫ぶ兄弟に、別に信じなくてもいいよ、気にしないでずっと死ぬまでクラウンに乗り続けてればいいじゃん、そのうち分かるからと、鼻を鳴らした。偶然通りかかった顔見知りの女の子に、あの人たち、クラウンなんかに乗ってるんだよ、おじさん小学生だよね、と耳打ちすると、ぷっと噴き出した。変だよね。うん、変。兄弟の顔が見る間に赤く染まった。いつの間にか傍らに来ていた玲子が、おじさん小学生、変！　と大声で繰り返した。

「あそこだな。万葉公園の入り口は」

幸助の言葉に、典子は回想を断ち切った。大きな碑が見える。その脇から石段が伸びていた。石段に並行して流れているのは、藤木川の支流、千歳《ちとせ》川だ。

「お父さん、足は大丈夫?」

「大丈夫だよ。さっきは足を滑らせただけだ」

幸助と典子は、なだらかな石段を登っていった。園内は生い茂る木々のおかげで薄暗い。しばらく登ると、石段が終わり、遊歩道になった。文学の小径という、洒落た名前が付けられていた。

「あんなところに社があるぞ」

幸助が指し示す方向を見ると、小さな赤い鳥居に守られたお社があった。社の脇には願いごとが書かれた絵馬が奉納されている。社を通り過ぎ、しばらく行くと、また碑があった。国木田《くにきだ》独歩の碑である。万葉集の中でただ一つ、「出湯《いで》」を詠った歌碑であるらしい。

さらにその奥は、開けた場所だった。足湯施設のようだ。独歩の湯という立て看板が見える。

「せっかくだから、入る?」

「金を取るんだろ。それに足湯はさっき入ったばかりだ」

「あれ？　見て。あそこにいる人たち」

さっき展望足湯に登ってきた美月、それに久恵と太陽が仲よく並んで足湯に浸かっていた。

「何だか真剣に話をしてるみたい。何しゃべってるんだろう」

「カウンセリングじゃないのか」

「あたしたちも行ってみましょうか」

幸助が小さく鼻を鳴らした。

「別にお父さんが行きたくないなら、行かないでいいですよ。あたし、無理強いするつもりはないから」

幸助が黙って、踵を返した。典子は父親の背中を追った。渓流のせせらぎを聞きながら、来た道を戻った。万葉公園を出ると、幸助が滝に行ってみようと提案した。

「滝？　この近くに滝なんてあるの？」

「ああ。不動滝《ふどうたき》というのがある。旅館から歩いて十分のところらしい。観光案内で見た」

藤木川に掛かる橋を渡り、県道へ出た。来た道を戻り、山の頂《いただき》を目指す。坂がどんどん急になっていった。

途中に小さな滝があったが、これは不動の滝ではないらしい。湯河原の景観に合っているとは思えない、大手不動産会社の高層マンションの脇を通り過ぎると、右手方向に「不動滝入口」という看板が見えてきた。滝は奥まった場所にあるらしい。看板までたどりつくと、脇に石段があった。

「行ってみよう」

幸助が石段に足を踏み入れた。石段を登り切ったところに茶屋があり、その奥に別の石段があった。観光地なのに、人影はない。奥の石段を登るにつれ、辺りが暗くなった。森の奥深くに分け入っているのだ。

石段の突き当たりに滝があった。大きな滝ではない。落差は十五メートルほどだろうか。右手と左手に社のようなものが見える。左側には身代わり稲荷、右側は出世大黒尊が祭られているという。

「お父さん、あれ」

典子が幸助の脇腹を小突いた。

「横沢さんじゃない」

横沢篤弘が、滝の目の前に掛かる橋の欄干にもたれ、瀑布を眺めていた。二人が近寄っても、まるで気づく気配がない。

「こんにちは」

大声で挨拶すると、こちらを振り返り、一瞬うろたえた表情を見せた。

「昔、女房と来たはずなんですよ。かれこれ三十年くらい前の話ですけどね。こんな滝だったかなと思って。そちらも観光ですか。遺言書は仕上がりましたか」

幸助が首を振ると、そうですよねえ、と酒臭い息を吐いて頷いた。

「なかなか簡単に書けるもんじゃありませんや。温泉入って、酒かっくらったら、筆を握る気力なんて失せちゃうでしょう」

先程旅館で見た、幽霊のような様子から一変して、篤弘は饒舌《じょうぜつ》だった。

「だったら何でこんなツアーに参加したんだって突っ込まれれば、返す言葉がないんですけどね。ははは」

「まあまだ時間がありますから、焦ることはない。ところで横沢さん、飲み過ぎは身体に毒ですぞ。分かっているとは思いますが」

幸助が言うと、篤弘は小さく何度も頷きながら、うなじをぱんぱんと叩いた。

「いや、おっしゃる通り。旅行だとつい飲み過ぎちまって。節制しなけりゃいけませんな。それではわたしはこれで。旅館に戻って、草案でも練りますわ」

石段を下って行く篤弘の背中は、ずいぶんと丸まっているように思えた。

「あの人、大丈夫かしら」

幸助が典子を振り返った。

「じっと滝を見て動かなかったし、あたしが声を掛けたら、ビクッて肩を震わせて、目を丸くして。陽気に振る舞っていたけど、さっき旅館の廊下ですれ違った時には挨拶すらしなかったのよ」

「だからといって、おれたちに何ができる」

典子が肩をすくめたとたん、腹がグーと鳴った。

「少し早いが、昼飯でも食うことにするか」

石段を下って、再び県道に出た。来た道を麓の方へしばらく戻ると、大きな狸の置物が軒先にある定食屋が目に付いた。幸助が、あそこでいいかと訊いたので、典子は頷いた。暖簾をくぐると、昔ながらの食堂の風情がある店内だった。仲居に案内され、奥のテーブルについた。

「湯河原名物たんたんたぬきの坦々やきそばだって、ねえ、これ食べてみない」

典子が言うと、幸助が老眼鏡を掛け、メニューを覗きこんだ。

「なんだか分からんが、名物なら食ってみる価値はあるな」

運ばれて来た焼きそばからは、香ばしいゴマの香りがした。添えてあるレモンをしぼって麺をすすると、酸味の利いたピリ辛の味が、何とも美味である。

「うまいな」

幸助は典子が半分も食べ終わらないうちに、もう一皿を平らげてしまった。その惚れ惚れするような食欲に、典子は目を細めた。ある年齢を越えたら、もうメタボなど気にせず、しっかり食べたほうがいいと提唱する学者は多い。

「旅行中は、普段より食欲が増すな」

幸助が楊枝を咥えた。

「いいことだわ。ご飯たくさん食べれば、それだけ力が付くんだから」

力を付けて、いつまでも健康で長生きをして欲しい。ゲップをしながら腹を擦っている幸助を見て、典子は思った。

定食屋を出ると、タクシーを拾った。土産物を買うため、駅前の商店街まで行こうと思った。

「いいのか」

後部座席にあとから乗り込んできた幸助が、典子に訊いた。

「これ以上おれをあちこち連れ回すと、遺言なんて書く暇がなくなっちまうぞ」

「万葉公園や滝に行ってみたいって誘ったのは、お父さんでしょう。じゃあ旅館で降りる？　あたしもう、お父さんの自主性に任せることにしたから」

幸助が、むすっと口を結んだ。タクシーが発車してしばらくすると、ここで停めてくれ、と幸助が運転手に言った。湯元通りの入口に差し掛かる橋の手前で、幸助は一人タクシーを降りた。

「じゃあ、またあとで。そんなに遅くはならないと思うから」

典子が言うと、幸助は小さく顎を引いて答えた。タクシーは十分程で麓の町に着いた。家族は元より、玲子や正則にも何か買って行こうと思った。正則とはほとんど会っていないから、土産物に手紙を添えて、近況の報告をしてみよう。そして、久しぶりにきょうだい水入らずで、いろいろ語り合うことを提案してみよう。

駅前にはたくさんの土産物屋があり、迷った。結局、名菓のきび餅を三箱買い、喫茶店で一休みしてから、駅前のタクシー乗り場に向かった。

乗り場には列ができていた。典子は、中年女性二人の後ろに並んだ。たぶん双子なのだろう。二人とも背が高く、神経質そうな顔つきをしていた。

「なんだかさびれたところね」

ガラスビーズが埋め込まれたような、キンピカフレームの色つき眼鏡を掛けたほうが、眉を顰めた。

「本当にこんなところにいるのかしら」

薄い唇に真っ赤なルージュを引いたもう一人が、小馬鹿にしたように駅前をぐるりと見渡し、ふん、と鼻を鳴らした。感じの悪い人たちである。二人がタクシーに乗り込む際、荻野屋と告げる声が聞こえたような気がした。聞き間違いかもしれないが、もし同じ旅館の宿泊客だったら嫌だなと典子は思った。だが二人は、旅行鞄を抱えているわけではなかった。

典子の乗ったタクシーは、双子姉妹の車の後を追うように発進した。まるで典子を先導しているような前方の車を見て、やはり荻野屋に向かっているのだと確信した。橋を渡って、湯元通りの大門をくぐり、荻野屋に到着した。既に姉妹は車を降り、旅館の中にいるようだ。無人のタクシーが典子の脇を通り過ぎ、正門から出て行った。

荷物を持って玄関の敷居をまたいだ瞬間、金切り声が聞こえてきた。

＊

満足顔で部屋に帰った久恵を見て、美月はほっと胸を撫でおろした。だが次には難敵が控えている。太陽が久恵のように、心を開いてくれるとは限らない。さらにその次には、酔っ払いの篤弘。幸助とも、もう一度話さなくてはなるまい。

内線で太陽の部屋に連絡を入れた。呼出音が十回近く鳴ってから、受話器を取る音が聞こえた。

「え？　もう時間ですか。これから露天風呂にでも行こうと思ってたのに」

「悪いけど、お風呂はもう少し我慢して。そうだ、お昼でも一緒に食べようか」

「朝いっぱい食べたから、腹は空いてないですよ。さっき菓子パン食ったし」

「そうなんだ。じゃあ食後のお茶をしに談話室に来ない？」

太陽はぶつぶつ言っていたが、結局承諾した。電話を切ったとたん、お腹がきゅるきゅると鳴りだした。今朝は皆に話しかけるのに夢中で、ろくに食事を取っていない。

いくら待っても来ないので、もう一度連絡を入れてみようかと思っていた矢先に、太陽は現れた。ふてくされた顔で、先程久恵がいたソファにどかりと腰を下ろした。

「さっきは誤解があったようだけど、もう一度お礼を言います。本当にどうもありがとう。あなたがいなかったら、あたし一人で前田さんを救出することはできなかった」

「オーバーっスよ。別に怪我してたわけじゃないし。ぼくがおぶわなくても、あの人、ひとりで登って来れたと思いますよ」

とは言いつつ、太陽の口端が微妙にゆるんだのを美月は見逃さなかった。

「あたしの言い方もマズかったのかもしれない。ツアーから怪我人を出さなくて済んだなんて、考えてみたら、配慮の欠けた発言だった。素直に謝ります。ごめんなさい」

斜め横に向き直り、深々と頭を下げた。もういいですよ、と言う言葉を、垂れた頭で聞いた。美月が顔を上げた時には、太陽の顔から険がすっかり消えていた。

「それにしても、小泉くん、結構頑丈なんだね。何かスポーツでもやってたの？」

「卓球やってました」

「へえ、卓球……」

「嘘ですよ。ぼくみたいなのには、卓球がピッタシなスポーツでしょう。本当はサッカー。全然似合わないかもしれないけど」

「そんなことないわよ」

「でもちゃんとやったのは、中一までかな。サッカー部の監督が、意味不明な練習ばっかりさせるもんで。どう考えたって非効率で、そんなところの筋肉必死になって鍛えたって、玉蹴りにゃナンの役にも立たないじゃん、ってことばっかりさせられて。すぐ辞めました。団体競技ってのも元々性に合わなかったし」

「どうしてサッカーをやろうと思ったの？」

「玉蹴り自体が純粋に好きだったからですよ。だけど、チームプレーとかそういうモンは苦手でした。小学校の頃はまだガキだったから素直にやってましたけど、中学に入ったらもう無理になった。だったら個人競技やればよかったんだけど、何だかもうタルくて」

「何となく分かるような気がする。あたしも実は、団体行動、あまり好きじゃないんだ。旅行なんかも一人でするし、ランチを食べるのも一人。ちょっと飲み物でも頼む？」

太陽は頷いて、コーヒーを注文した。美月も同じものを頼んだ。

「どこにいても、違和感感じるんですよね。友達いないわけじゃないけど、未だに距離の取り方分かんなくて。だから基本、いつも受身です。来る者は拒まず、去る者は追わず。あっ、来る者は拒む時もあるな。こういうタイプだから、来る者自体少ないけど」

太陽は運ばれて来たコーヒーを、ブラックのまま飲んだ。

「小さい頃からそんな感じだったの？」

「まあ、そうですかねえ。何かがきっかけってわけでもないし。この性格は親からの遺伝ですね、きっと。特に父親の」

遠い目をしてコーヒーをすする太陽の横顔を見て、先程足湯で会話を交わした時から引っかかっていたことを、質問する決心をした。

「その年で遺言を書くっていうのは、やっぱり、その……死を意識してるってことかしら」

「そりゃ、人間いつかは死ぬでしょうし」

「いつかというより、何ヶ月後とか」

「はっ？」

「つまり、死期が分かってるとか」

「死期が分かってる？　意味分かんねえし」

「だから、もしかして……癌じゃないの？」

「癌？　おれがっスか」

太陽が大げさに目を見開いた。

「いや、確かに顔色悪いけど。癌なのかな。だけど自覚症状ないしな。そうか、癌か。本人も気づかなかった。やっぱ、おれってそんな不健康に見えますか？　日サロでも行ったほうがいいのかな」

「本当に癌じゃないの？」

美月はまた同じ質問を繰り返した。

「分かんないっスよ。検査受けたことないから。十九で癌検査受ける奴なんて、あんまいないでしょう。でも、今度受けてみますよ。癌患者に見えるみたいだから」

「大病とか、してるわけじゃないのね」

「そういや近頃何だか身体、ダルいし。本当にもうすぐ死ぬかもしんない」

「茶化さないで」

太陽が破顔した。いつもつまらなそうにしている太陽が、こんなふうに笑うのを見るのは初めてだった。

「でもね、人の命は儚《はかな》いって思いますよ」

急に真顔になった太陽が付け加えた。

「昨日も訊いたと思うけど、何故その年で遺言を書こうと思ったの？　答えたくないんなら、別に答えなくても構わないけど。やっぱり気になるから」

「いいっすよ。答えますよ。何となくしゃべる気分になってきた。少し長くなりますけど」

「構わないわ。ぜひ聴きたい」

太陽はコーヒーを飲み干し、一息ついた。

「結局自分の過去を遡《さかのぼ》るしかないんですよね。さっきも言ったように、小さい頃からおれ、社会性のないひねくれたガキだったけど、これってやっぱ親の影響が大きいんですよ」

少し前から「ぼく」が「おれ」に変わっているのに、美月は気づいていた。

「完全に放任主義で育ったし。好きなこと、自分の信じることをやればいいとか、一見物わかりのいい台詞だけど、小学生のガキに言うことかって。つまり、躾の放棄っスよ。まあ、細かくあれこれ言われるよりは、マシかもしんないですけど。そもそも親父は社交性皆無の人で、おふくろも好き勝手なことばかりしてて。おれなんかより、四十過ぎた両親のほうがずっと不良だったんじゃないかって。ほったらかしにされてたんで、小さい頃は近所に住んでた、じいちゃんばあちゃんの家にばかり遊びに行ってました。じいちゃんやばあちゃんといると、ホッとするんですよ。構ってくれるし。孫に興味持ってくれるし」

「おじいちゃん、おばあちゃん子だったんだね」

「小学生までは。中一ん時にばあちゃんが心筋梗塞で倒れて、そのあとを追うようにじいちゃんも亡くなりました。両親の話に戻りますけど、おやじは、昔はサラリーマンやってたんです。でも、集団生活になじめなかったみたいで、おれが小五ん時、会社辞めちゃって、家でぶらぶらし始めて。でも、生活は前より豊かになりました。おやじ働いてないのに、どっから金が入って来るんだって、不思議に思いましたよ。実はネットビジネスの走りみたいなこと、やってたんですね。デイトレーダーとか、メルマガとか。あと、ネットオークションで金稼ぐとか。ともかく、金儲けがうまい人でした。マウスをクリックするだけで、何百万も稼いじゃうんです。おふくろとは完全に仮面夫婦で、食事とかも別々でした。団らんなんかないに等しい家庭でしたけど、金銭的には恵まれてたんで、めちゃくちゃ不幸ではなかったですよ」

　止まらなくなったかのように、太陽は話し続けた。

「世の中、リストラされて苦労してる人、いっぱいいるじゃないですか。そういう人たちをテレビなんかで見ながら、おやじは言うんです。金儲けの種なんかあちこちに転がってるのに、気づかないあいつらはマヌケだって。例えば、ツイッターなんかがあるじゃないですか。そういうの使って、おやじは株で儲けた話とか、毎日つぶやくわけです。そうすると、フォロワーがつく。一ヶ月で五万人とか言ってたな。で、集めたフォロワーをサイトの方に誘導する。そこでは有料メルマガを発行してるんです。『あなただけに教える、とっておきの株必勝マニュアル』ってタイトルの。発行人のおやじ自身が、そんなモンあるわけないだろうって嘲笑ってるような代物だけど、ウマい汁吸いたい奴らはみんな引っかかるって。メルマガの内容自体は、以前おやじが七百円で買った、株の本の受け売りだって言ってました。それを一ヶ月千円の購読料で、小出しにするんです。年間一万二千円。五万人の内の十パーセントでもメルマガ登録してくれたら、一万二千×五千人、六千万円の利益です」

「すごいわね」

「おやじはよく言ってました。サラリーマンなんかやってるやつは大馬鹿だ。おれも以前は大馬鹿だったが、目覚めた。会社興すやつも馬鹿だ。従業員なんか雇ったら面倒見るの大変だから。一番楽なのが、一人でうまく立ち回ること。分かってない連中ばかりだって」

美月は思わず口を開きかけたが、声は出さずに閉じた。カウンセリングで所見を言うのはご法度だ。

「まあ、そんなおやじの遺伝子引き継いじゃったわけだから。分かるでしょう。おやじ、そこそこ有名な大学出てるんスよ。勉強なんかほとんどしなかったのに、受験したら一発で受かったとか言って。自慢するわけじゃないですけど、その気持ち、分かるんです。試験とか、コツがあるでしょう。コツが分かれば、結構楽勝なわけです。でもそれでいい成績取ったからって、頭がいいかっていうと、また別の話です」

「努力しても大した成績しか取れない、あたしみたいな凡人からすれば、羨ましい限りよ。小泉くんには、進学する意思はないの？」

太陽のパーソナルデータには、十九歳、無職とあった。

「ないわけじゃないけど、何だかタルくて。大学なんか行って意味があるのか、疑問だし」

「じゃあ、今は何もしてないの？　バイトも？」

「してません。でも、金は稼いだことありますよ。ついこの間も海外のネットオークションで、アンティーク家具を買ったんです。すぐあとに、それを日本のネットオークションで捌《さば》いたら、十倍の価格で売れました。わずか二時間かそこらで、そこいらのコンビニで一ヶ月バイトして稼いだ金が、懐に入って来たんです。おやじの言ってたことが、理解できましたよ。でも何だかちょっと、怖かった。だって、でき過ぎでしょう、こういうの」

「確かに、そうかも」

「おふくろもおやじ以上に、楽こいてましたね。何しろ、ただ遊び歩いてただけなんですから。家事は全部家政婦さん任せで、旅行行ったり、カルチャーセンター通ったり。それでもおやじは離婚しなかったんですから、やっぱり愛してたんでしょうね。それをいいことに、おふくろますます好き勝手やって、英会話学校の先生と浮気したこととかバレちゃって。でも修羅場はなかったんです。おふくろが、もう過ちは犯さないって、素直に謝ったら、おやじ、簡単に許しちゃって。傍で見ていたおれが、もう少し怒れよって思ったくらい、あっけない幕切れで。で仲直りした証に、二人で食事に行って来るって、車で出かけて、帰りに事故りました。おやじ酔っ払い運転してて、トラックと正面衝突したんです。二人とも即死でした」

　美月は思わず息を呑んだ。

「幸いトラックの運転手は軽傷で済みましたけど。十トンのでかいやつでしたから」

「……何と言ったらいいのか……じゃあ今は、ひとりぼっちなの？」

太陽がこくりと頷いた。

「二人が死んだのが、今年の四月。おれが高校卒業してすぐの頃です。夜中にいきなり警察から電話があって。冗談かと思いましたよ。ついさっきまで、二人ともピンピンしてたのに。さすがにいろいろ考えました。考えても答えなんか出なかったけど、やっぱりちょっと、引っかかることはあったんです。おやじもおふくろも、我が道を行ってた。要領よくて、苦労知らずで、そこそこ贅沢な生活をして、俗世間のことを小馬鹿にしていた。真面目に努力しても報われない人たちを、嘲笑っていた。因果応報って、それまで信じてなかったんですけど、もしかしてあるのかもしれないって、初めて思いました。おやじもおふくろも、おいしい思いをし過ぎたんじゃないのかって。万物を司《つかさど》ってる何かがそれに気づいて、そろそろ打ち止めにしようと決めたんじゃないかって。おれ、一人っ子だから、両親の遺産を全部相続しました。相続税を払ったとしても、約二十億円は手元に残る計算です」

「二十億!?」

美月は椅子から飛び上がりそうになった。

「そう。だから、別に大学行く必要も、仕事する必要もない。だけど、おれ、こんな金、どうしたらいいか、分からないんです。服とか美味いものとか、興味あるわけじゃないし。車にも興味ないし。ギャンブルも酒もやらないし。家とか、もうあるから新しいの建てる必要ないし。不況で苦しんでる人たちからすれば、めちゃくちゃ贅沢な境遇ですよね。でもこんな贅沢がいつまでも続くとは思えません。おれだって、いつ因果応報が回って来るかもしれないし」

「それで、遺言ってことなの」

「まあ、ちょっと興味があったんですよ。はっきり言って、こんな世の中に未練なんてないし。本当に癌にでもなってりゃいいんですけどね」

「そういうこと言ったらダメよ」

いくらカウンセリングとはいえ、これ以上意見を言わないでいることは、美月の信条に反した。

「癌で苦しんでいる人は、世界中にたくさんいるんだから」

太陽は、素直に小さく頷いた。

人の到着する気配があった。談話室には扉が付いていないので、フロントの様子が伺える。二人とも何の気なしにそちらに目を向けたが、そのとたん太陽の表情がこわばった。

「やべえ。マジかよお。本当に来やがった」

太陽が見ている先には、二人の女性がいた。フロントの人間と会話をしていた二人のうち、一人がこちらを振り向いた。サングラスを取り、太陽の顔をまじまじと見つめ、傍らのもう一人を肘で小突いた。もう一人がこちらに顔を向けると、二人ともそっくりな顔をしていることが分かった。双子なのだろう。

双子の姉妹がつかつかとフロントを横切って、こちらに近づいて来た。太陽の顔が見る間に歪んだ。知り合い？　と尋ねると、口を真一文字に結び、頷いた。

「太陽さん。こんなところで何をやってるの」

談話室に入るなり、姉妹の一人が眉を吊り上げた。もう一人が太陽の腕を取り、立ち上がらせようとする。狼狽した太陽を見て、美月は声を上げた。

「ちょっと待ってください。これはいったいどういうことですか」

姉妹が同時に美月を振り返った。ああ、こんなところに人がいたの、とでも言いたげな四つの瞳。

「あなた、どなた?」

まず自分が誰なのか名乗りなさいよ、と言いたくなるのをこらえつつ、美月は自己紹介した。

「ああ、あなたが、あの何とか言う、縁起でもないツアーの主催者なのね。太陽はもう帰らせますから」

「待ってください」

再び太陽の腕を取ろうとする、サングラスを掛けたほうを引き止めた。

「邪魔するんですか。警察を呼びますよ」

薄いオレンジ色をしたレンズの奥で、切れ長の目が吊り上がった。

「落ち着いてくれよ、愛子《あいこ》叔母さん」

「あなたは、黙ってらっしゃい」

今度は二人がかりで腕を取ろうとする。

「ちょっと、やめてください。嫌がってるじゃないですか」

「邪魔しないでください。太陽はわたくしどもの甥です。これは家族の問題です」

「甥を洗脳するつもりなんでしょう。まだ未成年なのよ。本当に警察を呼びますよ」

「とりあえず落ち着いてください。どういうことなのか、説明してください」

「あなたに説明する義理なんてないでしょう。この子をさらっておいて」

「さらう？　とんでもない。彼は自分の意思でツアーに参加したんです」

「この子は未成年です。たぶらかさないでください」

「たぶらかしてなんかいません。嫌がってるじゃないですか。無理強いするのはやめてください」

「あなたには関係ありません。さ、太陽さん。行くのよ」

「聖子《せいこ》叔母さん、ちょっと待ってよ。痛いよ、そんなに引っ張るのはやめてくれ」

太陽が強く腕を振り払った拍子に、聖子叔母さんと呼ばれたほうが尻もちをついた。

「まあ、何てことを……」

「叔母に暴力を振るうなんて、ひどいわ」

「暴力なんか振るってないよ。はずみだよ。ごめん、聖子叔母さん」

太陽が手を差し伸べると、その腕を摑んだ聖子がソファに座り、いたたたたと大げさに顔をしかめた。

「太陽さん。もう我がまま言わないでちょうだい。タクシーを呼ぶから帰りましょう。こんな訳の分からないツアーにこれ以上留まることは、許しませんよ」

もう一人の叔母、愛子が言った。太陽が困惑した顔を美月に向けた。

「何か誤解があるようです。わたしたちのツアーがどういうものか、説明させてください。その上で甥御さんを連れ帰るかどうか決めても、遅くはないでしょう」

「必要ありません」

愛子がきっぱりと言った。

「遺言ツアーっていうんでしょう。甥は、あなた、まだ十九ですよ。十九の人間が遺言なんか書きますか？」

「でも、遺言書は十五歳から書くことができます」

「法律の話をしてるんじゃないの。常識の話をしているの。常識のある会社なら、十九歳の参加者なんか断るはずでしょう」

「わたしも最初はそのように思っていました。でも、このツアーで参加者の皆さまと一緒に学びながら、徐々に考え方が変わって来ました。十九歳の人間が遺言書を書くのは、特段おかしなことではありません。遺言というのは、大切な人たちに自分の心を捧げる行為です。その為には、今まで歩んできた人生に、真摯な気持ちで向き合わなければいけません。どんな世代の人間にとっても、大切なことだと思います」

「十九かそこらで、過去と向き合う必要なんてないわよ。未来のほうがずっと長いんだから。十九の時に書いた遺言書が、八十になっても有効だと思う？　八十になったら、人生に向き合えばいいじゃないの」

「そうかもしれません。ですから、遺言書は何度でも書き直すことができるんです」

「ともかく、十九歳で遺言書を書くなんて、縁起でもない。この子はわたしたちの兄の子どもです。今年の春、不幸がありまして兄夫婦は他界しました。それ以来、わたしが太陽の後見人です。これは家庭裁判所の決定事項です。この子はまだ未成年ですので、勝手な真似は許しません。さあ、太陽さん、帰りましょう。こんなところにいてはダメよ」

愛子が美月を押しのけ、太陽の腕を取った。腰を痛めたはずの聖子も立ち上がり、別の腕を摑もうとする。

「未成年って、おれ、もう十九だよ」

「十九でも働いてないんだから、保護者の指示には従ってもらいます」

両腕を捕らえられた太陽は、まるで警察に連行される犯罪者のようだった。

「こういう時は、一致団結するんだ」

太陽が今までと違う、低い声で言った。

「聖子叔母さんはよく家に来るよね。で、頼んだ覚えもないのに、恩着せがましく掃除機かけたり、食事作ったりしながら、自分は正規の後見人じゃないのに、ちゃんと責任を果たす人がいないからとか愚痴をこぼすんだ」

聖子が顔を上げた。

「何故そんなにおれに付きまとうの？　甥のことが心配だから？　そうじゃないだろ。死んだおやじが、おれに遺したものが心配なんだろう。姉の愛子叔母さんに全部取られちゃうのが心配なんだろう」

「……な、何を言ってるの、あなたは」

聖子が怯《ひる》んだ隙に太陽は腕を引き抜いた。愛子が薄いサングラス越しに、不審な目つきで妹を見ていた。

「あなたの家まで電車で一駅の距離だし、母親を亡くして家事も大変だと思ったから、手伝いに来てたんじゃないの。そんなふうに見られていたなんて、叔母さん、とっても悲しいわ」

「おふくろが家事なんかまるでしなかったこと、叔母さんも知っていただろう。おれは小六の頃から炊事、洗濯のプロだったよ。おやじもおふくろも、家にいないほうが多かったから、必然的にそうなったんだ。変な点数稼ぎしようと思っても無駄だよ。それから、お姉さんの悪口をおれの耳元で囁くのも逆効果だ」

「聖ちゃん、そんなことしてたの。あたしまるで知らなかった」

「オーバーに言ってるだけよ。毎日行くわけじゃないし。姉さんのことだって、ちゃんと顔を出しているか、訊いただけ。愚痴なんて、そんな……」

「愛子叔母さんだって、同罪だ」

もう一方の腕も引き抜き、自由になった太陽が、シャツの襟を正した。

「家の財産を誰よりも早く嗅ぎまわってたじゃないか。何だよ、あの不動産屋は。いきなり人んちの庭入って来て、あちこち測量したりして」

「相続税対策のためよ。あなた一人であんな莫大な財産は管理できないし」

「余計なお世話だ。おれは、あと半年で二十歳になる。金の計算だって、そこら辺の成人なんかよりずっとまともにできるよ。父親譲りの頭があるんだから」

太陽が部屋から出て行こうとした。出口には、いつの間にか典子と幸助が立っていた。

「どこへ行くの？　太陽さん。まだ話は終わってませんよ」

「もう終わりだよ。おれを連れ戻そうとしても無駄だ」

「ちょっと待ちなさい、太陽さん」

叔母の手を振り払い、太陽は談話室から出て行った。双子の姉妹が追おうとすると、前に立ちはだかったのは、幸助だった。

「無理強いするのはよくありませんよ」

愛子と聖子が立ち止まり、幸助の身体を、頭の天辺からつま先まで舐めるように見た。

「あなた、どなた」

「これは、失礼。小生は、斎藤幸助と申す者です。小泉くんと同じ、遺言ツアーの参加者です」

この隙に美月は四人の脇を通り過ぎた。典子がチラリとこちらを見やった。

太陽の後を追って、美月は階段を上った。ぴしゃりと戸の閉まる音が、二階から聞こえた。太陽の部屋の前まで来てノックをしてみたが、返事はない。鍵は掛かっていないようだ。迷ったが、意を決して戸を引いた。

「おじゃまします」

部屋に入ると、太陽が畳に寝そべってテレビを見ていた。十畳と六畳の間取りで、美月の部屋より広い。

「ごめんなさい。ノックしたけど返事がなかったものだから」

太陽がテレビを消して起き上がり、美月に座布団を勧めた。

「まだ話の途中だったから、追い掛けてきたの」

美月は座布団に腰を下ろした。

「おれ、結構鈍感力あるほうだけど、さすがに恥ずかしかったたっスよ。いくらなんでも、ああいうのはねえだろうって」

食卓を挟んだ正面に、太陽が胡坐《あぐら》をかいた。

「確かに強引だったたね」

「今朝携帯に電話があったんですよ。サングラス掛けてないほうの、聖子って叔母から。どこにいる、何やってるってしつこいから、遺言ツアーってので湯河原にいるって答えたけど、まさか来るとは思わなかった。きっとネットかなんかで調べたんですよ。二人とも、以前はろくに家になんか来なかったのに、両親が死んだとたん、ハイエナのように人のあと、付け回して、二言目には未成年だからって、金科《きんか》玉条《ぎょくじょう》みたいに繰り返すし。下心見え見えでしょう。おまけに陰では、おれの財産の奪い合いをやってるんです」

「もしかしたら、ああいう叔母さんたちがいたから、遺言書書きたくなったんじゃない」

太陽は、そうかもしれない、と頷いた。

「面倒だから、全額どっかに寄付しちまおうかって、思ってたし。やっぱ、よくないっスかね、こういうの」

「それは太陽くん自身が、じっくり考えて決めることだと思う」

「風呂入って来ます」

太陽が立ち上がった。

「分かった。それじゃ、これでお開きにしましょう。何かまた相談したいことがあったら、遠慮なく言ってね」

美月も立ち上がり、背を向けた。ありがとう、という言葉が聞こえたので振り向くと、太陽はもう、何もなかったようにそそくさと、浴衣と手ぬぐいを用意しているところだった。

＊

「無理強いするのはよくありませんよ」

幸助が双子の姉妹に対峙している隙を見て、美月が談話室から出て行った。聖子が典子に視線を移し、あら、と呟いた。

「タクシー乗り場にいらした方？」

典子は頷いた。

「新庄典子と申します。斎藤幸助の娘です」

「あら、そうなの」

聖子が、つまらなそうに鼻を鳴らした。姉妹はまだ自己紹介さえしていない。

「で、ご婦人方は？　まだお名前を伺っておりませんが」

幸助が典子の気持ちを代弁してくれた。

「わたしは、飯島《いいじま》愛子。こちらは妹の新藤《しんどう》聖子。太陽の叔母です」

愛子が、太陽が去った方向を見やった。

「もうよろしいかしら。わたくしども、急いでおりますので」

「まあ、少し頭を冷やしなさい。彼に帰る意思はないいんですよ。それに、ツアーは明日で終わる。待てばいいじゃないですか」

「ですが、あの子は未成年なんですよ。こんな変なツアーで洗脳されて、言われるままに遺言なんて書き始めたら、大変なことになります。死んだ兄だって、そんなことは望んでいないはずです」

「変なツアーじゃないですよ。少なくとも、洗脳なんかしませんから。その点は安心なさって大丈夫です」

典子が言うと、愛子がギロリと瞳を動かした。

「あなた方は親子でいらっしゃるんでしょう。失礼ですが、娘さんも遺言をお書きになるの？」

「いえ、書きません。わたしは単なる付き添いで、遺言を書くのは父だけです」

「単なる付き添い」

愛子がジロジロ見るので、典子は思わず目を伏せた。

「わたしたちも、心配だから明日まで付き添いましょうかね、聖子さん。うちは大丈夫だけど、いきなりだから、そっちはどう？　一人で帰っても構わないわよ」

「いえ、うちも大丈夫だから。主人はいつも晩ご飯外で食べるし、息子にはコンビニでお弁当買うように言うわ。さっそく部屋の手配をしましょう」

聖子が、自分だけ蚊帳《かや》の外に置くのは許さないという顔で答えた。


双子の姉妹と別れ、典子は部屋に戻った。

先程土産物屋から帰り、荻野屋の敷居をまたぐと、談話室に不穏な空気が漂っていた。太陽と美月が例の双子姉妹とやり合っている。太陽が連れ去られそうになるのを、美月が止めていた。急いで二階に上がり、幸助の部屋をノックした。幸助は文机《ふづくえ》の前に座り、腕を組んでいるところだった。机の上には、何も記入されていない遺言書用紙が置いてあった。事情を説明すると、幸助は頷き、典子と一緒に談話室に降りて行った。

姉妹を思い留まらせることには成功したようだ。しかし、二人は明日まで太陽に付き添うという。典子を真似たのだろう。自分もあの二人と同じように見えるのかと思うと、何だか恥ずかしかった。

幸助は今、自室にいる。遺言書を書く気になったようなので、これ以上邪魔をしたくはなかった。お茶を淹れ、一息ついていた時、ドアをノックする音が聞こえた。誰何《すいか》すると、川内です、と返って来た。

「どうぞ。開いてるから入って」

「いえ。お邪魔はしません。先程のお礼を言いたかっただけで」

典子は立ち上がり、ドアを引いた。目が合ったとたん、美月が素早く頭を下げた。

「いいじゃない。少し寄って行けば。今、お茶を淹れるから」

「はい。それではお言葉に甘えて」

顔を上げた美月が、典子のあとに従った。新しいお茶のパックを急須に入れ、お湯を注ぐと、香ばしい新茶の香りが立ち昇った。美月は座布団の上で身を縮めながら、控え目に部屋の中を見渡していた。

「この旅館を選んだのは正解よ。すごく雰囲気あるもの」

湯呑みを差し出すと、美月は礼を言い、一口茶をすすった。

「小泉くんは、どう？　彼の部屋に行ってたんでしょう。落ち着いた？」

「はい。問題ないと思います。今はお風呂に入ってます」

「温泉って、いいわよね。むしゃくしゃしたことがあったら、すぐにお湯に浸かってぱっと忘れられるから」

「そうですね」

「川内さん。さっきはごめんなさいね。何だか厳しいこと言っちゃって」

「いえ、わたしも至らないところがあるの、自覚してますから」

美月は大げさに首を振った。

「あなたは一人でよく頑張っているわよ。いろいろありがとう」

「こちらこそ、ありがとうございました。さっきは逃げるように立ち去ってすみません。太陽くんのことが気がかりだったもので。新庄さんたちがいらしてくれたおかげで、本当に助かりました。わたし一人だけだったら、今頃どうなっていたか」

典子はゆっくり茶をすすり、一息ついた。先程から胸の奥につかえていたしこりは、もうすっかり消え去っていた。

「あのお二人は、今晩ここに泊まるそうよ。小泉くんを監視したいみたい。あなたにとってはやっかいなことだろうけど」

美月は一瞬眉を顰めたが、すぐに気を取り直した。

「そうですか。でも、むしろそのほうがいいかもしれません」

美月が茶を飲み終えた。

「これから斎藤さんの部屋にも行ってみようと思います。お礼がまだですし」

「父なら、今、遺言書を書いてる最中だと思うわよ」

「そうですか。じゃあお邪魔したら悪いでしょうか」

「別に構わないいんじゃない」

「それでは、もう少し経ったら、伺うことにします。ところで横沢さんを見かけなかったですか」

「昼ごろ滝のところで見かけたけど、まだ帰ってないの?」

「さっきフロントで確認したんですが、まだのようなんです。もうそろそろ面談の時間なんですけど」

「あの方、こう言ってはナンだけど、ちょっと挙動不審ね」

美月が軽く肩をすくめた。

「あなたが立場上、ケアしなければならないのは分かるけど、放っておいても構わないんじゃないかしら。昼間からお酒飲んで、好き放題やってるし。そもそもこんなツアーに参加しないで、普通の温泉旅行で来ればよかったのにね。遺言書を書くつもりなんて、元々ないのよ」

「そうかもしれませんけど、代金は頂戴してますので。書くつもりがないにしても、こちらとして何かできることはないか、一度じっくり話し合ってみたいんです」

　美月が立ち上がった。

「とりあえず、先に斎藤さんのところに行ってきます。お茶をご馳走さまでした」

「いいえ。あなたもあんまり根《こん》を詰めないで、たまには温泉にでも入って、ゆっくりされたら」

「ご心配ありがとうございます。でも、ちゃんと骨休めはしてるから大丈夫です」

　口元をゆるめ一礼すると、美月は去っていった。今まで気づかなかったが、笑顔がなかなかチャーミングな娘だと、典子は思った。

　窓の外を見やると、西の空がうっすらと赤みを帯び始めている。典子は浴衣に着替え、丹前を羽織った。タオルと手ぬぐいを持ち、一階の大浴場へ降りて行く。

　使用中の脱衣かごがあったので、先客がいることが分かった。服を脱ぎ、浴場に入ると、先程の姉妹が身体を洗っているところだった。一瞬足がすくんだが、小さく会釈して、二人から離れた洗い場に腰を落ち着けた。

身体の汚れをすっかり洗い流し、湯に浸かろうとするや、既に浴槽の中にいた二人の姉妹が、こちらを振り向いた。厚化粧が取れると、意外に純朴そうな素顔が窺える。

「ここ、案外いいところねえ」

「さびれた温泉宿って、以前はまるで興味なかったけど、趣があってなかなかいいわ」

旧知の仲のように二人が話しかけて来たので、典子は戸惑った。

「ああ、日の暮れないうちからこんな温泉に浸かれるなんて、ホント、極楽」

「東京じゃこんなにのんびりできないもの」

聖子が子どものように手足をバシャバシャと動かし、大きな溜息をついた。

「わたしたちって、極悪姉妹のように見られてるかしら」

愛子が典子に、わざとらしく眉を吊り上げて見せた。

「さあ。どうしてですか」

まだ十分温まってはいないものの、典子は上がる頃合いを見計らっていた。

「だって、甥を連れ戻しに、わざわざ東京から来たんだから。知ってるでしょう。甥の財産のこと」

「いいえ」

姉さん、と聖子が口を挟んだ。

「いいじゃない。どうせ、噂なんて広まるんだから」

愛子が説明を始めた。太陽の両親が今年の春、交通事故で亡くなったことは知っていたが、一人息子に遺した遺産の額を知り、典子は仰天した。

「嘘ではないのよ。だから甥は、わたしたちが遺産を狙っていると思ってる。まあ、無理ないかもしれないけど、わたしたち親族の身にもなってみて。太陽は、世間のことなんてまだ何も知らない、ほんの子どもなのよ。二十億もの財産を一人で管理するには幼なすぎるわ。死んだ兄夫婦だってそう思ってるはず。もしあなたが同じ立場にいたら、放っておける？」

もし自分と夫に二十億の資産があり、自分たちが事故死したあと、彰浩が全額相続したら一人で放っておけるか、典子は考えてみた。

放っておけるはずがない。

天国にいる自分は、彰浩の面倒を玲子や正則に見て欲しいと切に願うことだろう。

第四章　情けない大人

美月が典子の部屋を出て廊下を歩いている時、川内さん、と呼び止められた。振り返ると久恵だった。

「ちょうどよかった。今、書いてるところなんだけど、ちょっと見ていただけないかしら」

「ええ、もちろん」

部屋に行くと、久恵が座卓の上に置いてあった便箋を美月に見せた。

「これはまだ下書き。っていうよりメモ書きかしらね。こんな感じで書いているけど、いいのかしら」

「拝見してよろしいですか」

美月は、便箋の中身に目を通した。久恵の書いているものは、遺言書の本文ではなく、付言事項だった。先程美月が聴いたばかりの、べっこう飴の件が書かれている。ごめんなさいと、素直に妹に謝罪していた。

「書いているうちに、何故だか涙があふれて来てね。七十年前の出来事を振り返って、今更ごめんなさいなんて、やっぱり変かしら。でもあたし、香苗ちゃんにまだ謝ってないから」

「いいえ、全然変ではないと思います」

便箋を読み終えた美月は、久恵に向き直った。

「とても心を動かされました。妹さんは、わたしなんかより遥かに感じ入るのではないでしょうか」

「そう？　こんな具合で進めればいいの？　姉や甥っ子たちの思い出も、どんどん甦《よみがえ》って来て、何だか書くことが山ほどあるような気がするの」

「この調子でお書きになればいいと思います。また何かあればご相談ください」

久恵の部屋を出て、一息ついた。自ら企画したにもかかわらず、よく理解していなかった遺言というものが、頭の中で徐々に形を成す気配を感じた。今読んだメモ書きには、久恵の思いがあふれていた。久恵はもう他人の助言なしでも、素晴らしい遺言書を書き上げるに違いない。

一旦部屋に帰って、内線で事前に連絡しようか迷ったが、結局美月は直接幸助の部屋に赴くことにした。ドアをノックし、しばらく待っていると引き戸が開いた。

「突然すみません。典子さんから遺言に着手されたと聞きましたので」

「そうですか。まあ、中にお入りなさい」

幸助の背中を追い、部屋の敷居をまたいだ。六畳間に設えた文机の上には、書きかけの便箋と眼鏡が置いてあった。丸められた紙屑が、傍らのゴミ箱にあふれている。

「ご苦労されているようですね」

「ビールでもいかがですかな」

「いえ。わたしは遠慮しておきます」

「それでは、わたし一人でやって構いませんかな」

「もちろんです。どうぞ、お気遣いなく」

幸助は冷蔵庫からビールを取り出し、栓を抜いてグラスに注いだ。

「なかなか難しいもんですな。遺言書というのは」

喉を鳴らしながらグラスを傾けると、幸助は大きな溜息をついた。

「わたしに何か、お手伝いできることはありますか」

幸助はしばらく考えていたが、やがて、相談したいことがある、と切り出した。

「だがこれは娘には内密にしておいてください」

「分かりました。他言はしません。ご安心ください」

幸助は残りのビールをグラスに注ぎ、一気に飲み干した。

「酒の力を借りなきゃ話せないなんて、情けないものですな」

幸助が重い口を開いた。


すべてを聴き終わった美月に、幸助は助言を求めた。

「今わたしにご説明されたありのままを、遺言書に書いてみてはいかがでしょうか」

美月にはこれ以外に、答えようがなかった。

「やはりあなたもそう思われますか。わたしもそれしかないと思ってはいたが、なかなか筆が進まなくて。だが、すべてを打ち明けた今は、頭の整理がようやくついたような気がします」

「とりあえず仕上げて、法的な側面については、明日竹上先生に相談しましょう」

幸助は頷くと、老眼鏡を掛けた。レンズのせいで大きく見える瞳が、握ったペンの先端を見つめている。美月は邪魔をしないように、そっと幸助の部屋をあとにした。

幸助の話には少なからず驚かされたが、美月にできることは何もない。あくまでも、幸助本人の問題だった。

さあ、今度こそ篤弘だ。フロントに確認すると、鍵は預かっていないという。もう外出から帰ってきているのだ。部屋に戻り、篤弘の部屋に内線電話を入れてみた。だが呼出音が何度鳴っても、受話器を取る気配がない。

一旦切って、今度は太陽の部屋に連絡を入れた。太陽はすぐに電話に出た。

「ごめん、邪魔しちゃって。ちょっと訊きたいことがあるんだけど」

「いいっスよ、どうぞ」

「横沢さんを見なかった？　お風呂とかで」

一瞬の沈黙の後、見ました、と太陽が答えた。

「おれが出る頃、入ってきましたよ」

「まだ中にいるかな」

「いや、もう出たんじゃないっスか。だいぶ前の話だし」

「どんな様子だった」

「例のごとく、酔っ払ってふらふらしてましたけど」

「そっか。じゃあやっぱり部屋にいるんだ」

「風呂からあとのことは、おれ、知らねえっス」

「ところで、頭の整理はついた？」

「まあ、ぼちぼち」

受話器を置いて、美月は背筋を伸ばした。こうなったら、直接篤弘の部屋に出向くしかない。篤弘の部屋の前まで来ると、美月は大きく深呼吸した。

「横沢さん」

ドアをノックしながら声をかけた。中から返答はない。もう一度呼んでも同じなので、引き戸に手をかけた。鍵は掛かっていなかった。

「横沢さん、大丈夫ですか？　入りますよ」

戸をゆっくりスライドさせた。

「放っといてくれ！」

鋭い声が飛んだ。美月の手が止まった。

「すみません。お邪魔するつもりはなかったんです。面談に伺いました。今朝お約束したでしょう」

わずかに開いた戸口から声を掛けた。

「あとにしてくれ」

「もう、遺言書はお書きになりましたか」

「あとにしてくれと言ってるんだ！」

「分かりました。それでは、夕食の時またご相談しましょう」

戸を閉めてから、小さく息を漏らした。返事を待たずに戸を開けてしまったせいか、篤弘はえらく機嫌を損ねていた。しかし、何故あそこまで不機嫌になったのだろう。

いずれにせよ、篤弘に遺言を書かせるのは至難の技のような気がする。梶原の顔が頭に浮かんだ。彼は今晩も確認の電話を入れてくるに違いない。

時計を見ると、夕食までまだ時間がある。温泉に浸かろうと思った。お湯の中でゆっくり身体を休め、心身をリフレッシュするのだ。露天風呂は空いていたが、大浴場に行くことにした。

大浴場には美月以外に人影はなかった。昨日は洗わなかった髪を洗い、ボディソープをしっかり泡立て、泡を優しく転がすように洗顔した。毛穴の汚れだけを取って、地肌に潤いを残すためだ。十代の頃に比べ、肌が乾燥しやすくなった。

綺麗に身体を洗い終えると、浴槽に肩まで浸かり、ああ、と声を漏らした。職場にも温泉があったらいいのにと思う。背泳ぎのように、顔だけお湯から出した姿勢で天井をぼんやりと見つめた。照明に湯気がかかって、まるでおぼろ月のようだった。子どもの頃、よくあんな月を目にしたことがある。塾が引ける時刻には表はもう真っ暗で、月が昇っていた。中学受験を目指していたので、週に五回、電車に乗って遠くの塾に通っていた。

小さい頃は勉強が得意だった。努力の甲斐あって、名門中学に受かり、高校はエスカレーター式に上ったが、大学受験で失敗した。一浪して第二志望の大学に受かり、心理学を専攻した。というより、その学科しか受からなかったので否応なく心理学を勉強することになったと言ったほうが正しい。心理学は嫌いではなかったが、臨床心理士やカウンセラーを目指すほど熱中できなかった。

出身学部や不況の影響もあったのだろうが、就職では苦労した。何とか書類審査をパスしても、面接で撥ねられた。贅沢を言っていられないので、あらゆる業種にチャレンジしたから、「うちの会社を選んだ理由は何ですか」というお定まりな質問の答えが、どうしても嘘っぽく聞こえてしまったせいかもしれない。

「新しいことにどんどんチャレンジしている、二十一世紀型の成長企業だと思いました」

「流行に流されない、伝統を重んじた経営をされているところが志望の動機です」

「地域に貢献している、素晴らしい会社だと思いました」

「地域や国という枠を越え、グローバルな展開をしているところが他の追随を許さないと思いました」等々。

元々芝居は得意なほうではないので、採用担当者には懐疑的な目を向けられた。「嘘だろう。給料がまあまあで、安定した会社に勤めたいだけだろう」と思われているに違いなかった。実際その通りなのだからしかたがない。

不採用通知の嵐の中で、いったい自分のどこがいけないのかと本気で悩んだ。滝にでも打たれたほうがいいかもしれないと、山奥に引きこもる計画を練ったこともあった。

今勤めている会社の面接では、切羽つまって初めて本音を言った。

「お願いです。何でもやりますから、どうか正社員で雇ってください。契約社員では困ります」

深々と頭を下げた翌日に、採用通知が届いた。

入社してもうすぐ一年。自分なりに頑張ってきたが、まだまだ半人前という自覚はある。このツアーでも、たった二日で、自分がどれだけ準備不足だったかがよく分かった。

だけど、誰に指摘されたわけではなく、自分でそのことに気づいたということは、少しくらいは進歩したのかもしれない。今の美月には、社長が何故「遺言ツアー」の企画にこれだけ前向きなのか、分かるような気がする。

久恵や典子が入って来るかもしれないと待っていたが、二人はなかなか姿を見せなかった。これ以上浸かっていると、のぼせそうだったので、湯から出た。脱衣所に戻って身体を拭き、髪を乾かした。壁時計を見ると、あと二十分で夕食が始まる。浴衣に着替え、上に赤い半纏を羽織った。一旦部屋に戻り、携帯電話の着信をチェックしてから宴会場へ向かった。

宴会場に一番乗りしていたのは久恵だった。二人で歓談していると、程なく典子と幸助が現れた。幸助は美月を認めると、小さく頷いた。

次いで太陽が入って来た。太陽は、頭をがりがりかきむしりながら、美月の隣に腰を下ろした。次に現れたのが、太陽の叔母姉妹。愛子が美月の顔を見るなり口を開いた。

「わたしたちは、ツアーの正式参加者ではありませんが、新庄さんのように、親族がツアー参加者ですので、皆さまと同席させていただくことにしました。よろしいですね」

甥を洗脳でもしたら許しませんよ、見張ってますからね、ということなのだ。太陽がわざとらしく鼻を鳴らした。

「もちろんです。遺言ツアーへようこそ」

本音を言えば、どこか別のところで食べて欲しかったのだが、美月はポーカーフェイスで答え、まだ面識のない久恵に二人を紹介した。

「いきなり皆さまのお邪魔をして恐縮ですが、この子はまだ未成年なもので」

お決まりの台詞を言いつつ、姉妹二人は末席に腰を落ち着けた。

「なんで二人を受け入れたんですか」

太陽が小声で美月に詰問した。

「仕方ないでしょう。ここに泊まりたいって言うんだから」

「ま、いいや。腹減ってるんです。食っていいですか」

料理を盛った膳が既に人数分用意されている。

「横沢さんがまだでしょう。もう少し待ちなさい」

「来ないんじゃないですか。先に始めましょうよ」

「どうして来ないなんて言いきれるの」

「それは……なんか、そんな気がしたから」

「さっき横沢さんの部屋に行ったの。呼んでも返事がないから、戸を開けたら怒鳴られちゃった。かなり気分を害してたようだけど、どうしたのかしら」

「おれのせいじゃないっスか」

「え？」

　太陽が目を伏せた。

「さっき風呂で一緒だったって、言ったでしょう。おれが出ようと思ってた頃入って来て、身体も洗わずいきなりドボンって湯に浸かって。おれのところまで近づいて来たんです。全身の毛穴から酒の臭いがしましたよ。お湯が酒臭くなるのが嫌だったんで、あわてて出ようとすると、まあ待て、何故逃げるんだ、って引きとめられて。おれ、はっきり言いました。風呂に入る前に、身体を洗って欲しい。他の人の迷惑になるからって。横沢さんは、男が細かいこと気にするな、肝っ玉の小さいやつだな、とか言いながら人の股間見てニタニタ笑うんです。おれだって、キレますよ。そんなことされれば」

「それで、どうしたの」

「もっとはっきり言ってやりました。昼間から酒飲むのは止めてくださいって。おれ、酒飲みの大人って好きじゃないから。浴びるほど飲んで、恥ずかしげもなく電柱にゲロ吐いてる国民がいるのは、先進国中、日本だけですからね。横沢さんは、おれに酒飲んだことがないのかと訊きました。ないって答えると、大げさに目の玉ひん剝いて、昔は中学生で酒煙草を覚えたもんだ、今の若者は情けない、信じられん、とか無茶苦茶なこと言い始めて」

太陽は眉を顰め、首を振った。

「それまでおれが抱いていたじいちゃんのイメージは、いつもニコニコしてて、思慮深くて、若者の話に真剣に耳を傾けてくれて……みたいなものだったけど、横沢さんは、それを根底から覆した。だからおれ、容赦しませんでした。普段から思ってたこと、すべてぶちまけました。確かに今の若いやつらは酒も煙草もやらないし、車にも海外旅行にも興味がないかもしれないけど、そうさせたのは大人のほうじゃないスか。酒をがんがん飲んで、車乗りまわして、女をナンパして、海外旅行行きまくりのブランド物大好きなかつての若者たちが、日本をここまでダメにしたんでしょう。そんな若者を育てたのが、横沢さんの世代じゃないですか。おれらが生まれるちょっと前までみんな好き勝手やってたから、ばちが当たって、日本は未だに不況から抜け出せないんですよ。だから、おれらは酒飲まないし、ブランド物も買わないし、海外旅行も行かない。日々の小さな幸せを大切にしながら生きている。それのどこが情けないっていうんです。情けないのは、大人たちのほうでしょう」

興奮してしゃべる太陽に、今やその場にいた全員が聴き入っていた。幸助が小さく頷き、典子は咳ばらいをした。久恵は悲しそうに目を細め、叔母姉妹は何やらひそひそ会話を交わしていた。

「横沢さん、何て言ってたの」

「最初は、あんたはまだ若いとか、世間を知らないとか、反論してましたけど、そのうち口をつぐみました。一方的に言い続けて、おれは風呂から上がりました。脱衣所に行く時振り返ったんですけど、横沢さんは浴槽の中でじっと動かなかった」

「横沢さんを迎えに行ってくる」

美月が立ち上がった。

「おれも行きます。何だか言い過ぎたような気がするから」

太陽と二人で宴会場を出て、篤弘の部屋に向かった。廊下を歩きながら、やっぱ、おれ謝ったほうがいいと思います、としきりに反省する太陽は、本来は優しい青年なのだろう。

篤弘の部屋の前で、二人は顔を見合わせた。

「横沢さん」

美月がドアをノックしても、返事はない。太陽が頷き、あとを継いだ。

「横沢さん。小泉太陽です。さっきのこと謝りに来ました。おれ、言い過ぎました」

相変わらず扉の向こうは沈黙を守っていた。

「横沢さん。お食事の時間ですよ。みんな待ってます。とりあえず、部屋から出て来ませんか」

「いないんじゃないですか」

太陽が小声で言った。美月は引き戸の取っ手に手を掛けた。

「横沢さん。開けますよ」

鍵は掛かっていなかった。

「失礼します。中に入りますよ」

戸をスライドさせ、足を踏み入れた。入口にある備え付けの冷蔵庫の上には、ビールの空き缶がいくつも置いてあった。

「横沢さん。いないんですか」

部屋に入るなり、美月は息を飲んだ。浴衣姿の篤弘が倒れている。ちょうど、六畳間と八畳間の敷居のところだ。欄間に帯がぶら下がっていた。少し離れた場所では、椅子が無造作に転がっていた。

「フロントを呼んで！」

太陽が受話器を手に取り、ダイヤルを回した。美月は、倒れている篤弘の左胸に耳を押し当てた。鼓動が聞こえる。

「生きてる」

欄間に浴衣の帯を通し、椅子に上って首を吊るつもりだったのだろうが、帯が重みに耐えきれず、ほどけてしまったのだ。それが適切な処置か確信はなかったが、美月は必死になって心臓マッサージを施した。

「救急車はまだなの」

「今フロントに頼みました」

ばたばたと廊下を走る音が近づき、番頭が部屋に現れた。次いで旅館の女将。その後ろには、幸助、典子、久恵。太陽の叔母姉妹の姿もあった。

「まあ、どうしたの……」

久恵が悲鳴を上げる。

「横沢さん、横沢さん。聞こえますか。戻って来てください！」

太陽が篤弘の耳元で叫んだ。

「川内さん。あとはおれがやりますから」

太陽に言われ、立ち上がろうとしたが、腰が抜けていた。典子と幸助に脇を抱えられ、何とか踏ん張った。

「大丈夫だ。きっと助かるよ」

幸助が言った。

やがて救急車が到着した。ストレッチャーに乗せられた篤弘は、麓の病院に緊急搬送されることになった。

「おれが付き添いますよ。川内さんは仕事があるでしょう」

太陽が美月に言った。

「放っておけるわけないじゃない。あたしはツアーの責任者なのよ」

「じゃあ、おれも一緒に行きます」

太陽が先に救急車に乗り込んだ。美月もあとに続くと、救急車はサイレンを鳴らし、発車した。救急隊員がＡＥＤを使い、篤弘の蘇生を試みた。電気ショックを与える度に、篤弘の身体が弓なりに跳ねた。

「おれが、いけないいんです。おれがあんなこと言ったから……」

「そうとは限らない。自分を責めちゃダメ」

「呼吸が戻りました！」

救急隊員の声に、美月は身を乗り出した。

「助かるんですか」

「たぶん」

程なく麓の病院に到着した。篤弘は救急処置室に運ばれ、美月と太陽は廊下で待機するよう命じられた。

「太陽くんはもう帰って構わないよ。あとはあたし一人で大丈夫」

「いや、おれも残りますよ。心配だから」

二人で廊下のベンチに腰かけた。

「呼吸が戻ったってことは、もう大丈夫ってことなんでしょう」

「いや、予断は禁物っスよ。後遺症とかあるかもしれないし」

「どんな後遺症があるっていうの？」

「よく分かんないけど、記憶障害とか麻痺とか」

「悪いほうに考えないで、横沢さんの回復を祈りましょう」

「おれ、後悔してます」

太陽が頭を抱え、うなだれた。

「横沢さんは、単に身体を洗わないで風呂に入っただけなのに、おれ、不況の原因がどうとか、大きな話を持ち出して、横沢さんがすべての元凶みたく責めちゃったんです。普段から感じてた怒りの矛先を、横沢さんに向けちゃったんです」

「謝ればいいじゃない。きっと許してくれるよ。それに、横沢さんがこんなことをしたのは、太陽くんのせいじゃないと思う。あの人、最初から何か、悩みを抱えているようだったもの」

「悩みを抱えていたから、おれの言ったことが起爆剤になったんじゃないですか」

「そういうふうに考えるの、よそうよ」

扉が開いて、モスグリーンの手術着を着た医師が出て来た。

「もう大丈夫です」

マスクを取ると、医師が言った。

「仮死状態でしたが、意識が回復しました。あと数分遅れていれば、危ないところだったのですが」

「後遺症の心配は」

「現時点では、ないとは断言できません。明日になればはっきりするでしょう」

忙しい救急医は、次の患者を診るため処置室に戻った。携帯電話が鳴ったので出ると、久恵からだった。ツアー客には、もしものために番号を教えていた。

意識は戻ったと報告すると、電話の向こうから安堵する様子が伝わってきた。

「斎藤さんや、小泉さんのご親族も近くにいるの。みんな喜んでるわ。本当によかったわね」

「わたしは、まだここに残らなければなりませんので、ご迷惑をおかけしますが、遺言書のほうは、わたし抜きで進めてください。斎藤さんにもその旨、お伝えいただけますでしょうか」

「心配しなくて大丈夫。わたしはもう一人で書けるから。斎藤さんだって同じじゃないかしら」

「すみません。明日の昼ごろには竹上先生が戻っていらっしゃるので、いろいろアドバイスをいただけると思います」

電話を切り、一息ついた。太陽が、温かい飲み物でも買ってきます、と立ち上がったところに再び電話が鳴った。今度は梶原からだった。

「どうだ。ちゃんとケツ引っぱたいてるか。みんな遺言書は書き終わったか」

間延びした声で訊いてくる梶原に、今起きていることを報告した。

「冗談だろう……それで命に別状ないのか」

声のトーンが変わった。

「はい。意識は回復したようです。ただし、記憶障害とか麻痺とかそういう後遺症は残るかもしれません」

「残るかもしれないって、実際はどうなんだ」

電話の声は苛立っていた。

「今はまだ意識が回復したばかりで分からないんですよ。明日になればはっきりするって、医者は言ってました」

「困るんだよなあ、初めてのツアーで。何でそんなことになったんだ」

「分かりません。落ち着いたら本人に訊いてみます」

「事前に止める手段はなかったのか。お前は何をやってたんだ」

「横沢さんは、お酒で何かを紛らわそうとしていたようですが、まさか自殺しようとするなんて、思いもよりませんでしたから。それにツアー客は他にもいたし、スタッフはわたし一人しかいないでしょう」

「それはそうだが、自殺者が出たツアーなんて、縁起が悪くて今後人が集まるかどうか……」

「そういう言い方って、よくないと思います」

美月はきっぱりと言った。

「自殺は未遂に終わったんですよ。わたしも小泉くんも必死になって介抱したんです。蘇生したと聞いて、安堵しているところなんです。一つの命が救われたばかりなんですよ」

電話の奥が沈黙した。

「横沢さんが明日の午前中までに、遺言書を書き上げることなんて、無論不可能です。書けそうもない人は、横沢さん以外にもいます。梶原さんに昨晩、遺言ツアーと銘打っているのに誰も何も書かなかった、というのは通用しないと叱られ、わたしなりに努力しました。だけどやはり、遺言書作成は本人の意思に任せるべきだと思うんです。何が何でも期限内に作成させようとするのは、わたしたちの都合に過ぎません。本人が時期尚早と考えを変えても、わたしはそれでいいと思います。一番の収穫は、遺言について真剣に考える機会を、提供できたということです。わたし自身にとっても、すごく勉強になりました」

梶原の鼻息が耳に届いた。

「それで、お前はこのツアーを続けるべきだと思うのか」

「はい」

「よし。それじゃ、今回の件を直接お前の口から社長に報告して、承認をもらえ」

電話が切れた。太陽がレジ袋を提げて戻って来た。

「病院のすぐ隣にコンビニがあったんで。そしたら、晩飯がまだなことに気づいて」

太陽が袋の中から肉まんを取り出した時、美月の腹がぐーと鳴った。考えてみれば、昼も食べていなかった。

「ありがとう。いくらしたの？　あとでお金返すから」

急いで救急車に乗ったので、財布を忘れてきた。

「いいですよ、別に」

今度はお茶のペットボトルを美月に握らせた。太陽は、ものすごい勢いで肉まんにかぶりついた。

「惚れ惚れするような食欲だね」

「何でそんなに食うのに、痩せてるんだって言いたいんでしょう。分かんないっスよ。遺伝じゃないですか。おやじも若い頃、がりがりだったみたいだし。人間には、生まれた時から定められた道みたいなものがあるんですよ、きっと」

「そういうドライな考え方をする太陽くんなのに、案外熱いところもあるじゃない。前田さんを救助したり、横沢さんに付き添って病院まで来たり、あたしに美味しい肉まんと、熱いお茶を買ってきてくれたり」

太陽が、ごくごくと喉を鳴らし、お茶を飲んだ。救急処置室の扉が開き、ストレッチャーに乗せられた篤弘が出てきた。

「意識が安定してきましたので、一般病棟に移します」

美月と太陽は、食べかけの肉まんを一旦袋に戻し、看護師のあとを追った。篤弘が運び込まれたのは、カーテンで仕切られた大部屋だった。酸素マスクと点滴を付けられた篤弘は、死んだように目を閉じているが、胸がゆっくりと上下していた。

「ちょっと診察室のほうでお話を伺えますすか」

医師に言われ、美月と太陽は従った。診察室では自殺の動機について訊かれた。太陽が口を開きかけると、美月が制し、本人が回復しない限り、詳しいことは分からないと答えた。

「いずれにせよ、わたしたちは家族ではありませんので。横沢さんの連絡先は控えてありますから、ご家族に電話してみます」

携帯の電話帳から、篤弘の固定電話の番号を拾い、通話ボタンを押した。呼出音が何度鳴っても、誰も出る者はいなかった。美月は携帯を切った。

「留守なのか、それとも、ご家族がいないのか」

「それでは仕方ないですね。明朝には目を覚ますと思いますので、責任者の方は残っていただけますか」

「分かりました」

美月と太陽は、診察室を後にした。

「あたしは朝までここにいるわ。横沢さんが目覚めた時、一人だと心細いでしょうし」

美月は廊下のソファに腰を下ろし、背筋を伸ばした。

「おれも一緒に残りますよ。川内さん、財布忘れて来たんでしょう。おれがいなきゃ、タクシーにも乗れないじゃないですか」

二人で冷たくなったお茶をすすっている時、美月は身震いした。半纏の上からジャケットを羽織っていたが、下半身は浴衣のままだ。太陽が立ち上がり、どこかに歩いて行ったかと思うと、毛布を小脇に抱え戻って来た。おれもちょっと寒いんで、と言いながら美月の脇に腰かけ、二人の膝の上に毛布を掛けた。たちまち下半身がぬくもりに包まれた。

耳を澄ますと、リーリーと虫の声が聞こえる。廊下を歩いていた若い看護師が、美月と太陽を一瞥し、にっこりと微笑んだ。

「ねえ、訊いていい？」

「何ですか」

「その年で億万長者って、どういう心境」

太陽は眉を寄せ、天井を見つめた。

「孤独です」

第五章　ツアー解散

　窓から降り注ぐ日の光に、美月は目を瞬いた。身体を起こすと、毛布が床にずり落ちた。どうやらソファで眠ってしまったらしい。太陽の姿はなかった。とりあえず洗面所に行って用を足し、顔を洗った。鏡に映った自分はひどい顔をしていた。目の下の隈をファンデーションで隠したかったが、化粧ポーチは旅館に置いてある。

　廊下に出ると、向こうから太陽がスリッパをすたすた鳴らしながら歩いて来た。昨晩と同じようなレジ袋を提げている。

「ごめん。あたし、ソファを独占しちゃったみたい」

「がーがー鼾かきながら、もたれかかって来たんで、場所を明け渡したんです。おれは、あっちのソファで寝てました」

　太陽が遠くのソファを指差した。

「ごめん」

もう一度謝った。頬が火照っていた。

「朝飯、卵サンドでよかったっスか。キュウリもありますけど」

太陽がてきぱきと、袋からパッケージを取り出し、言った。

「何だか昨晩から頼りっぱなし」

「川内さん、やる気は認めますけど、時たまカラ回りしてますよね」

「言ったわね」

拳を振り上げる真似をしたところに年配の看護師が通りかかり、睨まれた。ここが病院であることをすっかり忘れていた。

二人でもそもそ朝食を食べていると、昨日事情を聴かれた医師が現れた。

「横沢さん、目を覚ましました。検査の結果、後遺症も特に認められません」

「よかった。ありがとうございます、先生」

口の中にあったものをあわてて飲み込み、答えた。

「面会に行ってもかまいませんか」

「ええ。ただし、あまり興奮させないようお願いします」

「分かりました。気をつけます」

太陽を従え、病室に入った。リクライニングベッドの上で半身を起こした篤弘が、美月たちに目を向けた。相変わらず点滴を打たれていたが、酸素マスクは外されている。

「おれはいったいどうなったんだい」

美月が事情を説明すると、しばらく沈黙し、やがて、そうか、と頷いた。

「結局死に切れなかったわけだ。帯は固く結んだつもりだったのに」

「すみません。おれ、なんか言い過ぎちゃったみたいで」

太陽が深く頭を下げた。篤弘が、不思議な生き物でも見るような視線を、太陽のつむじに向けた。

「昨日、温泉で、おれ、ずいぶんいろんなこと言ったじゃないですか」

篤弘の視線が虚空《こくう》をさ迷った。

「ああ」

篤弘が頷いた。

「そういえば、酔っ払って何かしゃべったな。あんたも興奮してた。だけど、内容なんて忘れちまったよ」

太陽と美月は顔を見合わせた。

「いずれにせよ、おれはあんた方のおかげで命を救われた。ありがとう。感謝するよ。結局神様は、まだ生きろとおれに言ったわけだ。天命にゃ逆らえねえ」

「回復されてなによりです。もう二度とあんな真似、しないでくださいね」

美月が語気を強めると、篤弘は、分かってるよ、と頷いた。

「あんたには迷惑をかけちゃったね。遺言ツアーに、まさか自殺志願者が応募するとは思っていなかったろう。湯河原は思い出の場所でね。その湯河原で遺言ツアーが開催されるって広告を見て、何だか天啓を受けたような気がしたんだよ」

「あんまりお話しされないほうがいいですよ。回復されたばかりですし」

「いや、説明させてくれ。命の恩人なんだから。湯河原は、もうずっと前に新婚旅行で来た場所なんだ。麓の景色はずいぶんと変わっちまったけど、荻野屋がある辺りは、昔とほとんど変わりがない。泊ったのも、荻野屋の近くだった記憶がある。いや、もしかしたら荻野屋だったかもしれない。なにせ、三十年以上も前の話だ」

篤弘が座るよう促したので、美月と太陽はパイプ椅子に腰を下ろした。

「女房が家を出て行ったんだよ。経営してた工場が夏に潰れてね。もうにっちもさっちも行かなくなった。ボルトやナットを作ってる小さな町工場だったんだが、こんな円高じゃ、仕事は全部海外に持ってかれちまう。いや、仕事のせいだけじゃないんだ、本当は。女房はもうずっと前から耐えていたんだと思う。一回りも年下なのに、こんな我がままなおれに長年連れ添ってきてくれたんだ。嫁に出した一人娘の家で生活するって、出て行った。もうお父さんには愛想が尽きたって。そりゃそうだよな。会社が潰れそうなのに、相変わらずギャンブルや酒に溺れてたんだから。もうすぐ七十になるってのに、まったく何やってるんだろうな、おれは」

カーテン一枚で仕切られた隣のベッドから、ラジオの音が聞こえてきた。聴いたこともない古そうな演歌を、誰かがこぶしを震わせ歌っている。

「悪いことは重なるもんで、ある日、便に血が混じってることに気づいた。医者に行ったら、大腸癌と診断された。かなり進行してるから、余命は一年ないかもしれないって。何の自覚症状もなかったのに。もうどうしていいやら分からなかった。借金の形《かた》に機材を没収された自宅兼工場に引きこもっていると、気が狂いそうだった。そんな時、偶然見つけたのが、あんた方が出した遺言ツアーの広告だよ。湯河原という場所と、遺言という言葉に惹かれた。何よりも、今の環境から逃げたい一心で応募した。自殺するつもりなんてなかったんだよ。だけど、思い出の場所をあちこち訪ねてるうちに、言い知れぬ孤独感に苛《さいな》まれて、もう生きてく希望を失って。気が付いたら帯を首に巻いていた。……いや、やっぱりするつもりだったのかもしれんな。遺言という謳い文句がなかったら、ツアーに参加することもなかったろうから。でも結局、何も書かずに命を断とうとした」

「あの……詳しくは知りませんけど、最先端治療とかがあるんじゃないですか……」

太陽が口を挟んだ。

「ああいうのは保険が利かないから、何百万もかかるんだよ。とてもじゃないが、そんな金はない」

「おれ、金持ってます。親の遺産があるもんで。もしよろしかったら、使ってください」

篤弘がうつろな瞳を太陽に向けた。

「気持ちはありがたいがね。自分の将来のために使わなきゃだめだよ。そのために親が遺してくれた財産じゃないか」

「でも、自慢するわけじゃないけど、かなりの遺産なんです。手術代が何百万するか知りませんが、十分払える金額です」

篤弘が太陽をじっと見据えた。

「あんた、まだ若いな。遺産の管理は、ちゃんと大人に任せたほうがいいぞ」

太陽が口をつぐんだ。

「すみません。わたしにはどう言ったらいいか、分からないです。本当にお気の毒だと思います」

美月が目を閉じ、頭を垂れた。

「いいんだよ。こんな話、聴かせちまって悪かったな。聴かされたほうも、苦痛だろう。だけどやっぱり話しておきたかったんだ。最後まで聴いてくれて、ありがとう。もう心配しないでくれ。迷惑をかけて本当にすまなかった」

「迷惑だなんて、そんな。回復なさって本当によかったです」

「旅館にも迷惑かけたな。危うく自殺者を出すところだったんだから。そんなことになったら、部屋が使えなくなる。退院したらさっそく謝りに行くよ。あんた方は仕事があるんだろう。もうおれのことはいいから、旅館に戻ってくれ」

「でも……」

「青森の農家に姉が嫁いでるんだ。おれ一人の食い扶持《ぶち》くらい何とかなるから、こっちに来いと誘われてる。電話してみるよ。だからおれのことは大丈夫だ。ああ、それから、おれもいつか遺言を書いてみるよ。残りわずかな人生だが、もう一度ゼロからスタートして、遺す物と託す人を探してみたい。その時は、また世話になるかもしれん」

旅館へ帰るタクシーの中で、美月も太陽も無言で外の景色を眺めていた。

「おれ、昨日、自分が癌にでもなってりゃよかったなんて、無責任なこと言って、恥ずかしいです」

太陽がポツリと言った。

「それは、そもそもあたしが、太陽くんのことを癌患者だと勘違いしたからでしょ」

「おれ、やっぱ、遺言書書かないことにします。一生書かないってことじゃありませんよ。いずれ書くつもりです。でもその前に、経験することがいっぱいあるような気がして」

「いいんじゃない。もう時間もないし」

時刻は十時を回っていた。あと二時間もすれば梶原と竹上がやって来る。

「本当にいいんですか。あれだけ書かせたがってたのに」

「構わないわよ」

「おれも横沢さんもダメで、前田さんは、はかどってるようだけど、斎藤さんは苦戦してるんでしょう。上司の人と司法書士の先生がもうすぐ来るし、こういう状況じゃ川内さんの立場、危なくありませんか。全員に遺言書かせろって命令受けてるんじゃないですか」

「心配してくれてありがとう。でも平気。もう説明したから」

「横沢さんの件もですか」

美月は頷いた。

「あんなことになっちゃって、もうこのツアーは廃止ですかね」

「ツアーは廃止させない。企画したのはあたしだし、社長も気に入って後押ししてくれた。話せば分かってもらえると信じてる」

「川内さんのそのポジティブシンキング、すげえなって思いますよ」

「そう言う太陽くんは、叔母さんたちの思うツボにはまっちゃったね」

「別に、あの人たち喜ばせるために、書かないって決めたわけじゃねーし。あくまでも自分の意思っスよ」

太陽が口を尖らせた。車は駅前商店街を抜け、緩やかな坂を上り始めた。

「実はあたし、いいかげんにこの企画を立てたの。で、はっきり言ってしまえば、四人しか参加者が集まらなくて、中には十九歳の少年もいたりして、おまけにみんな個性的で、これはやっぱりダメなんじゃないかって、最初はちょっと弱気になった。でもこの三日間いろいろあって、今では続けるべきだと思ってる」

「参加者もきっと、最初は同じように思っていたはずですよ。遺言ツアー？　何だそりゃ、ま、暇だからどんなものか見に行ってみようか、みたいな。だけど今じゃ、みんな真剣に遺言のこと考えてる」

程なくタクシーは荻野屋に到着した。事前に到着を知らせておいたので、ツアーの人間が総出で、二人を出迎えた。

「それで、横沢さんは大丈夫なの？　何故死のうなんて思ったの？」

全員から質問攻めに遇い、とりあえず宴会場に集めて報告会を開くことにした。篤弘のプライベートを暴露することに、若干の抵抗はあったが、皆自殺の理由を知りたがっていたので、ありのままを伝えた。

「まあ、お気の毒ね。だからあんな感じだったのね」

久恵が眉を顰めた。

「言ってくれればよかったのに。癌はどうしようもないけど、少なくとも自殺は、思いとどまらせることができたかもしれないでしょう」

典子が言うと、聖子が、癌だって何とかなるものよ、と答えた。

「姉さん、憶えてるでしょう。末期の癌で、もうダメかもしれないって言われてたけど、粒子線治療とかいうので全快したって人の話」

「ああ、川崎の岡田さんね。癌の進行がいつの間にか止まってたって話も、聞いたことあるわよ。だから諦めちゃだめなの。でもとりあえず、自殺は未遂に終わったからよかったじゃないの」

　聖子も愛子も、いつの間にかすっかりツアーに馴染んでいる。

「さて、そろそろ最後の調整に入ろうと思います。遺言書が書き終わっている方がいらっしゃいましたら、とりあえず目を通させてください。途中まででも構いません。あと一時間ちょっとで、竹上先生が来られますので」

　叔母姉妹が太陽を振り向いた。太陽は、わざとらしく、最後に足湯でも行ってくるかな、と呟き、真っ先に部屋から出て行った。

「心配には及びませんよ」

　あとを追おうとする姉妹に、声を掛けた。

「太陽くんはたぶん、最初から遺言書を書く気などなかったんですよ」

　久恵は既に遺言を書き上げていた。夜中の三時までかかったという。遺産分与などの本文は簡潔に、残された者に想いを伝える付言事項については、熱く語られていた。あふれるような愛情と、感謝の言葉に美月の目頭が熱くなった。

「書いている最中は、もう一度人生を生きたような気がしたわ。書き終わった後、しばらくは放心状態で、眠ることができなかった」

「実はわたし、遺言書というものを目にしたのは、これが初めてなんです。他人のわたしでさえ、これほど心を動かされるものだったのですね」

　美月は素直に告白した。

「でもね、考えてみたら、あたし、まだ生きてるんだから、直接感謝の心をみんなに伝えればよいのにね。だけどそれがうまくできないから、遺言書に頼ってるの」

　反対に幸助は、筆が思うように進まない様子だった。質問が法的なものに及んだので、竹上のアドバイスを待つことにした。

　最終調整が終わると、荷物をまとめさせ、チェックアウトした。部屋はもう使えないが、中広間は午後四時まで使用許可を取っている。太陽を呼んで、遺言書を書かなかった人は先に帰っても構わないと告げた。

「やっぱり、書かないやつは差別されるんですね」

　太陽は不満そうだった。

「そうじゃないわよ。これ以上ここにいてもしょうがないでしょう。旅館の部屋はもう使えないし、あとは書いたもののチェックをするだけなんだから」

「一応料金払ったんで最後までいますよ。おれを追い出す権利はないっスよ」

「分かった。皆と一緒に駅まで帰りたいんだね。よしよし。じゃあ待ってなさいね」

「すっげ〜むかつく言い方っスね」

太陽の決定を聞くと、叔母姉妹も残ると言い出した。

「皆さん。よろしかったらお食事に行ってらしてください」

美月がロビーに集まった全員に声を掛けた。

「川内さんは、どうするんですか」

太陽が質問した。

「あたしは、談話室で報告書を書いてるわ」

「大変っスね。あとにはできないんですか」

「頭が新鮮なうちに、いろいろメモっておきたいから」

じゃあ頑張ってください、と太陽は背を向けた。ツアー客が表に出て行くと、美月は鞄の中からノートを取り出し、この三日間起きたさまざまなことを思い起こしながら、鉛筆を握った。

しばらく作文に没頭し、ふと顔を上げると、太陽が傍らに立っていた。

「驚いた。みんなと食事に行ったんじゃないの？」

「コンビニ行って、昼メシ買ってきました。はい」

手渡されたのは、鮭とおかかのおにぎりだった。

「片手で持てるもののほうが、よかったでしょう。書きながら食べられるし。今朝はサンドイッチだったんで、昼はおにぎりにしてみました」

「ありがとう。あっ、あたしサンドイッチの精算もまだしてない」

あわてて財布を取り出し、別にいいですよ、と言う太陽に紙幣を握らせた。

「なかなか苦労してるみたいですね」

反射的に、まだほんの少ししか記入されていないノートを隠した。元々文章を書くのは、遅いほうだ。

「太陽くんって、いつも冷静で気配りもできるから、素直にすごいと思う。それに比べて、あたしはやる気はあるんだけど、言われたようにカラ回りが多いような気がする」

コホンと咳をして、太陽は買ってきたウーロン茶を飲んだ。

「社会人って、大変っスか」

「まだ始めて一年も経ってないけど、学生時代とはずいぶん違うよ。でも、つらいことも多いけど、あたしにはこっちのほうが合ってるかな」

「仕事のやり甲斐ってやつ？」

「まだ全然そこまで行ってない。今は単にバタバタしてるだけで、結果なんか出てないも同然だから。でもこういうことは、あまり太陽くんには関係ないよね。働く必要ないんだから」

太陽がもう一口ウーロン茶を飲んだ。

やがて昼食に行ったメンバーが帰って来た。幸助と久恵が、まるで夫婦のように寄り添い、歩いて来る。その後ろには、典子と愛子・聖子が、何やら楽しそうにおしゃべりしながら従っていた。典子と姉妹はずいぶん仲よくなったようだ。

ほどなく、梶原と竹上を乗せたタクシーが到着した。

「皆さん、まる一日のご無沙汰です。どうですか。遺言書ははかどっていますか」

竹上の問いかけに、一同は顔を見合わせた。

全員で再び広間に集まり、簡単なレクチャーが終わると、久恵と幸助だけが別途、竹上とマンツーマンでの指導を受けることになった。

談話室で行われた個人面談に、先に呼ばれたのが久恵。久恵はわずか十五分ばかりで広間に戻って来た。

「素晴らしい遺言書ですって、褒められたわ」

嬉しそうに久恵が報告した。次に談話室に入った幸助は、一時間しても戻らなかった。待っている面々が退屈してくると、梶原がいきなり立ち上がり、トークを始めた。自分が過去携わったイベントの失敗談などを、面白おかしく語っている。久恵が噴き出し、双子姉妹は手を叩きながら大笑いした。場数を踏んでいる梶原の語り口は面白く、美月はその才能と経験に嫉妬しながら、自分も早くああならねば、と自らを奮い立たせた。やがて竹上と幸助が戻って来た。

「さあ、これで今回のツアーは終了です。皆さま、三日間本当に御苦労さまでした」

締めの挨拶は梶原が行なった。結局最初と最後の重要な部分は、若輩者には任せてもらえないのだ。美月はその間にタクシーの手配をした。

しばらくすると、タクシーが到着した。荷物を持ってフロントに降り、見送りに出た旅館の女将や番頭と、別れの挨拶を交わした。いろいろ迷惑をかけたのに、次回もぜひまた来てくださいい、と笑顔で頭を下げられた。

挨拶が終わると、四台のタクシーに各々分乗した。美月は先頭車両に竹上と梶原とともに乗り込んだ。ドアが閉まるとすぐに、タクシーは麓に向け出発した。美月が振り返ると、後続する三台の車の向こうに、次第に小さくなる古い宿が見えた。女将と番頭が門の前で、ずっと手を振り続けていた。

「ところで横沢さんは、本当に大丈夫なのか」

梶原が美月に尋ねた。

「はい。もう大丈夫だと思います。今はS病院にいます。お姉さんに連絡を取ると言っていました」

「他の客を見送ったら、見舞いに行こう」

見慣れたはずの山々の紅葉が、やけにまぶしかった。これでもう見収めになるからだろう。都会ではあんなに綺麗なもみじは拝めない。

タクシーは順次、駅前の広場に到着した。全員が車から降りると、梶原が、最後の締めをやれ、と美月に耳打ちした。突然のことだったので、驚いて梶原を振り向いた。

「お前が主催者なんだから、しっかり締めろ」

背中を押され、既に改札をくぐろうとしている一団を呼び止めた。

「あの……皆さん、最後に聞いてください」

美月が声を上げると、皆の足が止まった。

「もうすぐ電車が来るのに、また挨拶かよと思われるかもしれませんので、簡潔に済ませます。ご存じの方もおられるかもしれませんが、今回このツアーを企画したのはわたしです。入社して一年目の新人が立てた企画が、初めて社内を通りました。しかし、お恥ずかしい話、わたしは遺言書というものを、実はまるで理解していませんでした。皆さまとの触れ合いを通じて、徐々にどういうものかを学んでいったのです。遺言とは大切な人のために心の棚卸を行う行為、ひいては心そのものを捧げる行為ではないでしょうか。都会の喧騒から遠く離れた自然豊かな温泉宿で、遺言をしたためるという、はっきり言えば思いつきで出した企画が、何故当社の社長の琴線に触れたのか、今となっては理解できるような気がします」

一同は美月に注目していた。

「至らない部分があったことは、承知しています。真摯に反省し、今後に生かそうと思っております。にもかかわらず皆さまは、こんな若輩者に最後までお付き合いくださいました。正直、今回のツアーはいろいろあって、途中でめげそうになったりもしましたけど、横沢さんは無事回復されましたし、前田さんもお手本となるような遺言書をお書きになり、成功だったと思います。お互いの背中を流し合いながら、辞世の言葉を練るというツアーの趣旨に賛同してくださった皆さまには、感謝の気持ちでいっぱいです。今後もこのツアーを続けていきたいと考えています。皆さまのご協力に、深く御礼申し上げます。本当に、ありがとうございました……」

急に目頭が熱くなり、こらえていた涙がこぼれ落ちた。幸助がパチパチと両手を鳴らすと、その場にいた全員が拍手を始めた。双子の姉妹も拍手していた。美月は声を殺して泣いた。

「そんなに鼻水垂らして泣かないでくださいよ。地球が滅亡するわけじゃないんだから」

太陽が、すっとティッシュを差し出した。

「これで解散です。わたしたちはこれから、横沢さんのお見舞いに向かいます。そろそろ電車が到着する時刻ですので、皆さま、お急ぎください」

美月の背中をぽんぽんと叩き、梶原が言葉を継いだ。

口々に別れを告げながら、人々は改札を抜けて行った。久恵は、また会いましょうね、と美月の手を握り、典子は、お疲れさま、と労をねぎらい、幸助は目尻に皺を寄せ、大きく頷いた。双子の姉妹は、甥がお世話になりました、と意外にも殊勝に頭を下げた。

最後に太陽が美月を振り返り、ティッシュ、取っといてください、と言い残すと、階段を駆け上った。

美月は彼らの姿が構内に消えるまで、見守り続けた。

第六章　第二回ツアー

正則の息子で今年小六になる聡《さとし》が、ばたばたと廊下を駆けて来た。

「聡、家の中で走るんじゃない。ジイジの家なんだぞ」

正則が息子の背中に声を掛けた。

「ジイジがヴァルキリア3を買ってくれるって。今から行ってくるから」

「寒いからそのままの格好で表出ちゃだめだぞ。ジャケットを着て行きなさい」

桜が開花し始めたとはいえ、まだまだ肌寒い日が続いている。

「ジャケットどこ？　ねえ取って来てよ、早く」

聡の気持ちは、既に玄関に向いているようだった。

「洋間のハンガーにさっき自分で掛けただろう。取って来なさい」

「サトちゃん、久しぶりにジイジに会えて嬉しいのよ」

玲子が正則のグラスにビールを注ぎ足した。正則は、ビールを一気に飲み干すと、大きく息をついた。

「まったく落ち着きがないやつだ。父さん、あまり甘やかさないでよ。ゲームは冬に買ってやったばかりなんだから」

書斎から出てきた幸助は、左腕を挙げて答えた。もう一方の腕は、聡にぐいぐい引っ張られている。

「さあ、いっぱい作ったからどんどん食べてね」

典子が大皿に盛った餃子を持って居間に現れた。

「あれ、海斗くんは？　彰浩もいないようだけど」

「もうとっくに出て行ったわよ、二人で。またゲームセンターにでも行ったんじゃないの」

玲子が答える。

「近頃の男の子ってのは、食が細いんだな。おれなんか、高校の頃は、どんぶり飯三杯は軽くいけたのに」

「今の子は高校生でもうダイエットとか、してるからね。女子だけじゃなくて、男子もよ。お米も全然食べない。パンとかパスタのほうがいいみたい」

「時代は変わったな」

「お父さんはどこへ行ったのかしら」

典子が尋ねると、聡と一緒にデパートへ行った、と玲子が答えた。

「あの二人もいなくなっちゃったの？　何よ、まだ料理いっぱいあるっていうのに。皆好き勝手やって」

「いっぱいって、どんだけ作ったんだよ」

「まだポテトチキンサラダと、ナスのビューレと、一口チリソースハンバーグと、ベトナム春巻と、キッシュが残ってる。それからデザートには……」

「おいおい、姉さん。ちっとも台所から出てこないと思ったら、一人でそんなに働くことないよ」

「あたしが手伝うって言っても、いいから、あんたは座ってなさいって聞かないんだよ、お姉ちゃん」

玲子が弁明するように、兄に言った。

「いいのよ。今日はあたしが主催したんだから。みんなはお客さん。今年はうちの彰浩も千尋も無事大学と高校に受かったし、海斗くんも志望校に合格できたし――」

遺言ツアーをきっかけに、久しぶりに正則と玲子に会いたいと典子は思っていた。

とはいえすぐにというのは無理だから、子どもたちの受験が一段落したあとにしようと考えた。遠いところに住んでいた弟妹は、当初家族を引き連れて上京してくることに難色を示したが、うちとお父さんの家に一泊すればいいじゃない、と説得した。こうして、三人の合格祝いも兼ねた親族の集《つど》いが、実を結んだのだった。

「それにしても、昼間からこれだけ飲み食いするのは正月以来だな」

「欧米では週末はみんなこんなふうにして過ごしますよ、義兄さん」

玲子の亭主・俊夫が正則に言った。

「彼らの食う量は半端じゃないから。昼間から食って飲んでダンスを踊って。それが夜半過ぎまでずーっと続くんです。我々とは胃袋の大きさが違うんですね」

「そうだよね。おれも海外支店に出張に行った時、現地責任者の私邸に招かれたことがあるけど、そんな感じだった。ともかく、肉を大量に焼いて、がつがつ食うんだよ。で、そのあとにでかいケーキなんかも食ってる。男がだよ。見てるだけで気持ちが悪くなりそうだったな」

典子の夫・浩も会話に加わった。浩も俊夫も、今は業績が低迷しているが、欧米に支店を持つ、そこそこ大きな会社に勤めている。島根の田舎で自営業を営んでいる正則にとっては、まるで別世界の人間だった。

「あたしの作るものは気持ち悪くならないでしょう」

典子が言うと、そんなこと言ってないだろう、と浩が口を尖らせた。

「お前、近頃いちいちつっかかるな」

「つっかかってなんかいないじゃない」

「つっかかってるだろう」

「まあまあ、義兄さん。もう一杯いきましょうよ」

俊夫が浩の盃に大吟醸を注ぎ、その場を取り繕った。

夫との仲は、あの遺言ツアー以来うまくいっていない。ツアーから帰るや否や、浩は典子に遺産分割についてしつこく訊いてきた。分からない、と答えると、どういうことだと目を剝いた。

「遺言書を書かせるために、ツアーに連れて行ったのはお前だろう」

「遺言書は書いたほうがいいと思ったから、そうしただけ。でも内容にまでとやかく口出ししたくなかった。それはお父さんが決めることだから」

「何も強制しろと言っているわけじゃない。ちゃんとお義父さんに分かってもらえるよう、説明したのかっていうことだよ」

「必要ないでしょう。お父さんはちゃんと分かってるんだから」

浩は引き続き何か言っていたが、典子はそれ以上取り合わなかった。弟妹とその家族を招いてパーティーを開きたいと提案した時も、いい顔をしなかった。面倒くさいからホスト役などやらないぞ、とはっきり言われた。

「ちょっと俊夫くんと一緒に家に行って来る。見せたいパソコンのデータがあるんだ」

浩と俊夫が同時に立ち上がった。典子たちとは血の繋がりのない二人は、先程から疎外感を感じている様子だった。

「どうぞ。それから千尋が家に戻ってたら、こっちに挨拶に来なさいって言っといて」

長女の千尋は、友達と映画を観に行っている。

「ああ、分かった」

浩は俊夫を連れ、幸助の家を出て行った。気がつくと、典子たちきょうだい三人しか家の中にはいなかった。

「きょうだい水入らずなんて、何十年ぶりだろうね」

「ああ、普段はお互いの生活で忙しいからな」

正則はぐるりと家の中を見回した。

「それにしても、昔から変わらんな、この家は。小さい頃のままじゃないか」

「小さい頃は平屋建てだったじゃない。あたしが小学一年の時、二階を増築したんでしょう。子ども部屋がないからって」

玲子が答えた。

「そんなの四十年くらい前の話だろ。それから一切手が加えられてないじゃないか。近所なんか、どんどん新しい家が建ってるっていうのに」

「ねえ、久しぶりに二階に上がってみない」

典子が提案すると、弟妹は頷いた。二階には六畳間が三つある。典子と玲子の部屋は襖で仕切られ、正則の部屋だけが独立していた。

「懐かしいわあ。あたし、ここに入るの何年ぶりだろう。あっ、まだこんなの置いてあるんだ」

玲子が本棚に入った古い漫画を取り出し、ページをぺらぺらとめくった。

「玲ちゃんの所有物を勝手に処分できないからでしょう」

「ほんと、昔のままだね。本棚も勉強机も」

「ああ、これまだあったんだ。懐かしいな」

隣の部屋で正則の声がしたので行ってみた。

「これ、ゴッドフェニックスだよ。こっちはヤマト。元祖宇宙戦艦ヤマトだ」

正則がプラモデルを手に取り、掲げた。

「お兄ちゃん、アニメ好きだったものね」

「別にそんなに好きでもなかったよ。真剣に見てたのはガッチャマンとヤマト。それにキャシャーンくらいだ。憶えてるだろう、新造人間キャシャーン。チャンネルの奪い合いやって、お前はビービー泣いてたけど、結局おれと一緒にキャシャーンを見るようになったじゃないか」

「渋々そうしたんだよ。あたしは犠牲者だった。あの頃はビデオなんてなかったし、テレビは一家に一台の貴重品だったものね」

「あたしがちゃんと、玲ちゃんの味方をしたじゃない」

泣きわめく玲子をなだめ、正則に意見するのは典子の役目だった。

「あの染みは何かしら」

玲子が天井を見上げ、呟いた。木目の天井には、長方形の小さな染みのようなものが、あちこちに付いていた。

「セロテープの跡だろう」

「思い出した。お兄ちゃん、アイドルのポスターを天井に貼ってたよね。山口百恵とか、桜田淳子とか。寝ながら顔を拝めるように」

「そういうお前は、壁中埋まるほど、郷ひろみのポスターを貼ってたじゃないか」

「壁中埋めてなんかいないよ。せいぜい一枚か二枚。それも少しの間だけ。すぐにファンじゃなくなったから」

「食べ物と飲み物、二階に持って来ようか」

典子が提案すると、正則も玲子も賛成した。

狭い子ども部屋で、きょうだい三人仲よく身を寄せ合い、酒を酌み交わしていると、次々に昔の記憶が甦ってきた。小学生の頃は、よく寝る前に三人でゲームをして遊んだこと。怖い夢を見たからと言って、夜中に玲子が典子の布団にもぐり込んで来たこと。小さい頃は三人一緒だったのに、思春期にさしかかると、正則は姉妹とほとんど会話を交わさなくなったこと。地味でおとなしかった玲子と、友達が多く活発な典子も、お互いに距離を置くようになったこと……。

「十代って、みんな繊細だったな」

「そうね。でもガラスの心臓って友達に言われてたあたしが、今では電車に乗ると、空いているわずかな隙間に向かって突進するようになった」

「おばさんは恥を知らないからな」

「おじさんもね」

ははは、と皆で笑った。正則が、まあ飲めよ、と妹のグラスにビールを注ぐ。帰りの電車の心配をする必要がないので、正則も玲子もリラックスしていた。

話題が現在の家庭環境に及ぶと、正則も玲子も窮状を訴えた。俊夫の給与がちっとも上がらないと、玲子が愚痴をこぼす。相変わらずスーパーでパートをやっているらしい。正則の義父は未だに車椅子の生活で、嫁が付きっきりで面倒を見ている。典子は、自分のところも決して恵まれていないと念を押した。

「ところで、さっきの話に戻るけど、お父さん、なんでこの家を改築しないんだろう」

正則の質問に、典子は、分からないと答えた。

幸助の退職金や年金の額からすれば、改築費用を捻出できるくらいの蓄えはあるはずだった。

「でも微妙に新しくなってるよ。二階の畳とか、襖なんかが。何でだろう。今は誰も使ってないのに」

「あたしたちがいつ出戻っても大丈夫なように、リニューアルしたとか」

「まさか。でもこの家に愛着があることだけは確かなようね」

「こんなボロ家に？　お金あるんなら、大きい家でも建てりゃいいのに」

「あのさ……おれ、はっきり言うから、皆にも包み隠さず言って欲しいんだけど……」

正則が飲みかけのグラスを盆の上に置き、意味あり気な視線を寄こした。

「皆、父さんに小遣いもらってないか？」

玲子が頷いた。

「小遣いっていうより、お祝い金みたいなものならよくもらうけど」

「出産祝いとか、進学・進級祝いだろう。毎年何かしらの祝い金を、包んでくれてるんじゃないのか」

「うん。確かにそう。もうずっと前から」

典子の場合も、似たようなものだった。決して安くない彰浩や千尋の塾の費用を払ってくれたのは、幸助だ。そのおかげで今春二人はめでたく志望校に合格した。

「世間一般の基準からしたら、結構いい額だわ。ついつい甘えちゃってたけど、こんな気前のいいおじいちゃんがいる家って、珍しいと思う」

「生前贈与をしてたんじゃないのかな。相続税対策のために。それも財産を一遍に銀行振り込みなんかしたら、贈与税が課せられるから、長年かけて、税務署がトレースできないよう現金で、少しずつおれたちに分与してたんだ。何十年ももらい続けてるから、累計すれば一財産になるくらいの金額だろう」

「そう言われてみると、確かにそうだわ……」


幸助と聡が帰って来たので、典子たちは居間に下りた。聡はジイジに買ってもらったゲームソフトを、嬉しそうにお披露目した。ゲームをするのは一日一時間、ちゃんと漢字ドリルもやるんだぞ、と正則が眉を吊り上げた。幸助は疲れたからと、書斎に引き揚げた。

「大丈夫なの？　お父さん」

典子が幸助の背中に声を掛けた。

「大丈夫だよ。ちょっと昼寝してくる。六時頃起こしてくれ」

「分かりました」

玲子がテレビリモコンを手に取り、電源をオンにした。

「ねえ、お姉ちゃん、ちょっとこれ見て」

玲子が典子の腕を引っ張った。画面では情報番組をやっていた。典子もよく知っている司会者とアシスタントの女性が、とてもユニークなツアーをご紹介します、と切り出した。

「遺言ツアーだって。これって去年、お姉ちゃんたちが参加したツアーじゃないの？」

「まさか……」

典子は食い入るように画面を見つめた。どうやら映っているのは、湯河原の温泉街のようだ。

「またやるとは聞いていたけど、あれからまだ半年しか経ってないのに。それに、四人しか参加者のいない小さなツアーだったのよ。あっ！」

テレビに映っていたのは、荻野屋のフロントに違いなかった。画像が変わった時、見覚えのある人たちが典子の瞳を捉えた。

「やっぱりそうなんでしょう」

玲子が身を乗り出して訊いた。

「そう。インタビューに答えてる若い女性は、主催者の川内さんって人。隣にいるのが司法書士の竹上先生。その後ろにいる人も知ってる。太陽くんだわ。あたしたちと、ツアーに参加した。何でまた彼がいるんだろう」

「あんな若い子がツアーに来てたの？　スタッフじゃないの？　だって、ホワイトボード用意したり、椅子並べたりしてるよ」

確かに画面には、胸章をつけた太陽が忙しく動き回る様子が映っていた。

「いったい、どういうこと。あれっ？」

もう一人、画面に見慣れた人物が映っていた。久恵だ。竹上の講義をじっと聴いている。彼女はもう遺言書を書き上げたはずなのに。

「有名なツアーだったんだね、これ」

いや、そんなことはないと典子は思った。

「これから有名になるのかもしれないけど」

「そういえば、おれはまだ聞いてなかったけど、どうだったんだい、その遺言ツアーっての。お父さんは遺言書いたのか」

正則が訊いた。

「書いたみたい。あの竹上って先生が預かってるって」

「姉さん、内容は知ってるの」

玲子の視線を横顔に感じた。

「ううん、知らない。あたしがお父さんを無理やり引っ張って行ったツアーだけど、内容に関してはあたし、一切関知してないから」

疲れていると言った幸助は、日が落ちる頃になっても起きてこなかった。風邪かもしれないというので、市販の感冒薬を飲ませ、そのまま休ませた。翌日、正則と玲子とその家族が帰った後も、幸助は床に伏せていた。医者を呼ぼうとしたが、必要ないと幸助は首を振った。さらにその翌日、相変わらず熱が下がらないので、今度こそ往診を頼んだ。

医者はインフルエンザと診断した。そればかりか菌が肺にまで侵入し、ウイルス性肺炎も併発しているという。

＊

「はい。それじゃあ、駅から出てくるシーンを撮ります。準備してください」

テレビカメラが向けられるのは初めての経験だった。コンパクトでもう一度アイメイクをチェックしたい衝動を抑え、美月は背筋を伸ばした。

「ハンディカメラってずいぶん小型軽量になったたって言われてますけど、プロが使うやつはやっぱ、ゴツいですね。何だか、バズーカ砲みたいっスね」

脇にいた太陽が、美月に囁いた。

「つまらないこと言ってないで、ちゃんと準備しなさい」

「単に歩くだけなのに、準備することなんかナンもないっしょ」

美月が歩を進めると、半歩遅れて太陽が付いてきた。五歩歩いたところで、カット、と声が掛かった。

「次にツアーの皆さんがマイクロバスに乗るところを撮ります。ごく自然に振る舞っていただければいいですから」

湯河原の駅前に突然現れたテレビクルーに、通行人は何ごとかと振り返った。美月自身も、こんなことになるなど、半年前には想像だにしなかった。

去年の秋、第一回遺言ツアーから帰って来ると、社長に報告に行った。参加人数は四名。きちんと書き上がった遺言書は一通。自殺未遂や、未成年の参加者を連れ戻されそうになる事件も起きた。ツアーとして決して成功だったわけではない。だが、美月はこの企画を続けたかった。その旨、切々と訴えた。

「お前が自分の立てた企画に、今やそれだけ入れ込んでることはよく分かった。近頃の若者は執着心に欠けているから、あれがダメなら次はコレという発想ばかりだ。それじゃいいビジネスは生まれん。一皮剝けたようだな」

やり手と噂されるオーナー社長である。ありがとうございます、と美月は深く腰を折った。

「だが、仕事というのは情熱だけではダメだ。今回のツアーは採算的には、何とか赤字を食い止められたレベルだったろ。発想自体はユニークでいいよ。だから見切り発車でやってみろと言ったんだ。しかし今後同じ企画を続けるかということになると、簡単にはOKは出せんな」

美月は垂れた頭をゆっくりと上げた。社長が乗り気の企画だったので、やる気を見せれば、存続に合意してもらえると思っていた自分がやはり甘かったのか。

「遺言ツアーを存続させるために、わたしは何をしたらいいのでしょうか」

「それはお前自身が考えることだ」

試されているのだと思った。思いつきで立てた企画を、今度は安定した収益を生むビジネスに昇華させてみろと、社長は言っている。だが一体どうやって……。

いろいろ考えた結果、とりあえず、遺言というものをもっと広く世間に知らしめようと思い立った。だが宣伝費には限りがある。だとすれば、ネットだ。会社のブログで、遺言の話や、遺言ツアーの同行記を配信してみてはどうだろう。しかし、自殺未遂が起きてしまったことを、書くのには躊躇する。本人に無断で掲載するわけにもいかない。

悩んでいると電話が鳴った。先方はテレビ局だと名乗った。美月もよく知っている地上波の情報番組のスタッフからだった。

「何だかユニークな名前のツアーがあるなと思って、ご連絡したんです。取材をさせていただけませんか。次回はいつやられるのですか」

我が耳を疑った。こんなマイナーなツアーが、どうして話題になっているのだろうか。

「ブログを見たんですよ」

「ブログ？　どんなブログですか」

「検索すればすぐに出てきますよ。なかなか面白いですよ、あれ」

返事は一旦保留にして、電話を切った。パソコンに向き直り、キーボードを叩くと、画面に検索結果が現れた。「平成の遺言ツアー」というブログ記事が目に付いた。クリックすると、「不思議な国を照らす、ソレイユのログ」というタイトルのURLが現れた。ソレイユとはフランス語で太陽のことだ。

匿名となっているが、ツアー参加者すべてのことがブログに載っていた。茶化して書いているのかと思いきや、なかなか忠実な記録だった。読み物としても面白い。よもやこれを十九歳の少年が書いているとは、誰も思わないだろう。

先を越された、と思った。しかしながら、自分が書いたら、これほど客観的な記事にはならなかったかもしれない。どうしても宣伝臭が出てしまうだろう。

太陽に連絡を入れてみた。

「あの記事ですか。悪く書いてはいないでしょう。全員匿名だし。プライバシーには配慮しましたよ。横沢さんの件だって、肝の部分はうまく伏せてあるでしょう。大病を患っている参加者としか書いていないし。削除しろってんならしますけど、何故消したんだってコメントが、わんさか来ますよ。フォロワー結構多いし、忌憚《きたん》なきブログが売りですから」

太陽のふてくされた声が懐かしかった。

「消せと言ってるわけじゃないわよ。電話じゃなんだから、近いうちに会えないかな。ランチでもご馳走するから」

それから三日後に太陽と渋谷で落ち合った。イタリアンレストランに連れて行き、自腹でピザをご馳走しながら話をした。彼を二回目のツアーに同行させたかった。そしてまたブログに記事を書いてもらう。太陽はしばらく無言でピザを頬張っていたが、やがて飲み込むと、口を開いた。

「何かそういうのって、微妙なんスよね」

「どう微妙だって言うの」

「おれは書きたいことしか書かない主義ですから」

「遺言ツアーの記事はもう書いてるじゃない。続きを書いて欲しいって言ってるだけ。無論タダとは言わないよ。それなりの原稿料は用意するから」

上司の許可は取っていなかったが、構わず美月は続けた。

「太陽くんの記事を見たテレビ局から、取材依頼が来たのよ。それだけ人気があるんだから、シリーズ化すればいいじゃない」

太陽の鼻の穴が、一瞬ぶわっと膨らんだ。だがすぐに元の顔に戻ると、まあ記事の内容には自信ありますから、と醒めた目で答えた。

「でもおれ、ブログを商売にする気はないんスよ。スポンサーの悪口書けない忌憚なきブログなんか、嘘っぽいでしょう。やっぱ、自由でいたいんです。それがポリシーですから」

「遺言ツアーの記事、別に悪口は書いてなかったじゃない。引いた目線できちんと人物描写してたよ。太陽くんの叔母さまたちも出て来たし。お二人は元気?」

「まあ、元気にしてますけど」

「まだ遺産を狙ってるの?」

　太陽が小さく咳払いした。

「おれ、あの後説教されましたよ。っていうより、真実を知らされました。おやじもあそこに至るまでには紆余曲折《うよきょくせつ》があったんだって。いきなり会社を辞めるなんて言いだすから、おふくろは驚いちゃって。まだ家のローンは残ってたし、息子もこれから金がかかるっていう時に、どうしたらいいのって、おふくろ、愛子叔母さんに相談に行ったらしいんです。親父の会社自体はこの不況下に高収益を上げていた服飾メーカーだったのに、新しい上司が気に食わないとか、結構子どもじみた理由で、再就職先も決めず、さっさと辞表を提出しちゃったんだとか。おふくろの話を聞いた叔母さんたちは、辞表を撤回するよう説得したみたいだけど、おやじは首を横に振るばかりで、らちが明かなかったらしいんです」

「そう。やっぱりスムーズに億万長者になったわけじゃなかったんだ」

　太陽は頷いた。

「おやじが会社を辞めた時が三十六で、今までと同じレベルの給料を得るにはギリギリの年齢だったらしいですね。中途採用を募集してる会社を十社くらい受けて、全部落ちたって。生活費を稼ぐために、おふくろはスーパーでパートを始めて。叔母さんは、おふくろの愚痴を毎日電話で聴かされたって。叔母さんたちは、生活費を貸したりもしてたらしい。おれ、そんなこと全然知らなかったっスよ」

「まあ」

守銭奴のような姉妹だと思っていたのに、人というのはうわべだけでは分からないものだと美月は思った。

「再就職先が見つからなかったから、事業を始めるしかなかったんスね。おれの前では、サラリーマンなんか馬鹿がやるもんだとか言ってたくせに、リーマンに戻れないから、一人で商売始めるしかなかったってオチだったんスよ。ネットでアフィリエイトとか始めたけど、当初は全然儲からなくて、すごく悩んでたって。メルマガの購読者を集めるのに、何度も試行錯誤を重ねてたみたいで。そうやって苦労してかき集めた資金を使って株をやったら、それが大当たりして。それからようやくツキが回って来たらしいけど」

「何だか太陽バージョンとはずいぶん違う話になってるね」

「おれバージョンっていうより、おやじバージョンでしょう。叔母さんたち、嘘ついてはいないようだし。何だ、真実はこういうことだったんだって」

「じゃあ、今は叔母さんたちに遺産の管理、任せてるの？」

「いえ、管理はあくまでおれがしてます。ただ、大きな金を使う時は、一応叔母さんたちに事前連絡することにはなってます」

太陽はピザを食べ終え、ナプキンで口を拭いた。

「ブログの話に戻るけど、どう？　もう一度書いてみる気はない？」

「おれ、遺言はまだ書かないって決めたし。自分の中では既に終わったテーマなんですよ」

「まだ書ききれていないことがあるかもよ。遺言書く人にはいろいろな事情があるはずだから」

「じゃあこういうのはどうですか。おれを雑用係のバイトとして雇ってください。ツアーの準備とか、同行もしますよ。で、気が向いたら記事も書きます。ただし、確約はできません」

「それは構わないけど……」

会社ではちょうどアルバイトを募集していた。

「何故雑用係をしたいの」

「横沢さんの話を病院で聴いた後、おれ、経験することがいっぱいあるような気がするって、言ったじゃないですか。その経験のためですよ。はっきり言って、労働なんてばかばかしいと思うけど、やらずしてけなしちゃダメですよね。とりあえずやってから、やっぱ思った通り、ばかばかしかったたって意見を言わないと」

「さっきのお父さんの話で、考え方を変えたのかと思ってたけど、何だかちょっと違うようね」

「おやじとおれは同じじゃないですから。おやじよりうまくやれると、おれ、思ってますし」

こめかみの辺りがピクピクしてきた。いいでしょう。労働の厳しさを、たっぷり味わわせてやろうじゃないの。

「分かった。じゃああとで履歴書送って。断っておくけど、うちは結構厳しいわよ。大丈夫？」

「それはやってみないと分かんないっスよ。まあ暇でだらだらしてるより、厳しいほうがいろいろ経験できていいんじゃないですか」

太陽が自信ありげに笑うので、美月も笑顔を返しつつ、テーブルの下で拳を固く握り締めた。

「そのフレーズをそのまま面接担当者に言ったら、一発で落とされるけど、まあいいわ。特別枠で調整してみる。ああ、それから、これ預かってるから」

美月はトートバックの中から、大きなりんごの入ったポリ袋を取り出した。

「横沢さんから送られてきたの。今は青森にいて、お姉さんの農園を手伝ってるって」

「農園を手伝ってるって……癌なんでしょう」

「環境を変えたら、進行が遅くなったって。もちろん油断はできないらしいけど」

「へえ、人の体って不思議なんですね」

「お金を貯めて最先端治療を受けるつもりらしい。本当によかったわ。太陽くんにもよろしくって」

太陽はぺこりと頭を下げ、りんごを受け取った。

「で、次のツアーはいつになるんですか」

「春にはやりたいと思ってる」

「今度はもう少しお客さん集まるといいですね。少人数じゃ採算取れないんじゃないですか。旅行会社なんかじゃよく、何名以上集まらなかった場合、ツアーは中止とかって掲げてるし」

「最少催行人数のことね。でも、うちは残念ながら、旅行業の免許を持っていないのよ」

太陽と別れてから、社長に報告するつもりでいたが、思うところがあって、旅行会社に就職した友達に連絡を入れてみた。急いで相談したいことがあると告げたら、友人は上司と一緒に会ってくれることを約束した。

そして三日後、計画案をまとめた美月は、再び社長室の扉を叩いた。

テレビ取材のことを話すと、社長の顔色が変わった。全国放送で流れれば宣伝効果は抜群だ。おまけに宣伝費は一切かからない。前回のツアー参加者のブログがきっかけで取材依頼が来たので、その参加者をバイトとして雇いたい旨申し出ると、承認された。

「それから、友人が勤める旅行会社に遺言ツアーの話を持って行ったら、興味を持ってくれました。ただし、ツアーの様子をテレビで見てから検討したいと」

ツアーと銘打ってはいるが、旅行業の免許がないので、現地集合、現地解散とならざるを得ない。これでは参加人数も限られてくる。

「旅行会社と組んで大々的にツアーを売りださなければダメだと、実はおれも思っていたところなんだよ。テレビ取材が来るなら断る理由はない。やってみろ」

「はい。ありがとうございます」

美月は、心の中でガッツポーズをしながら頭を下げた。

こんな経緯をたどって、第二回の遺言ツアーが春に開催された。参加人数は第一回より五名多い九名。その中にまた久恵がいたのには驚いた。先輩の梶原は今回は同行せず、美月と太陽の二名にツアーは任された。

「はい。ありがとうございました。あとは、適時カメラを回して行きますので。わたしたちは車でバスを追いかけます。現地でお会いしましょう」

撮影スタッフに言われ、美月は太陽とともにバスに乗り込んだ。中では既に竹上が待機していた。今回は美月たちと一緒に、最終日まで旅館に留まってくれるというので心強かった。

山間の道をたどって、バスは荻野屋に向かった。以前来た時に、こんな山奥に冗談みてえ、と太陽が呟いたボーリング場の脇を通り過ぎ、藤木川に掛かる橋を左折すると、温泉街の門が見えてきた。

「半年ぶりだね」

竹上が川に反射する日光に目を細めた。

荻野屋の女将と番頭は、笑顔で美月たちを迎えてくれた。あんな事件が起きたにもかかわらず、第二回のツアー客を快く受け入れてくれた荻野屋には、感謝の気持ちでいっぱいだった。

割り当てられた部屋に荷物を置き、一息ついたあとで、各人広間に集合した。太陽がホワイトボードと、人数分の遺言書キットを用意して皆の到着を待った。

全員が揃ったところで、竹上が講義を始めた。竹上の法的説明が終わると、今度は美月が「心の棚卸」と題してスピーチを行った。テレビカメラがこちらを向いていたため緊張したが、前回と違い、言いたいことがきっちり頭の中に入っていたので、言葉に詰まることはなかった。

無事スピーチが終了すると、久恵が近づいて来た。

「何だか頼もしくなったわね」

「ありがとうございます」

「小泉さんもいるけど、スタッフになったのかしら」

「はい。バイトですけど」

仲がよくていいわね、と久恵は眉尻を下げた。

「実のところ、参加申込書に前田さんの名前があった時、ちょっと驚きました。あんなに素晴らしい遺言書を書かれたのに」

「一番読んでほしかった人に先立たれたから」

「妹さんですか」

美月が訊き返すと、久恵は頷いた。

「ある朝突然倒れたの。病院に搬送された時には、既に事切れていたらしい。死因は脳幹出血よ」

べっこう飴を姉にねだった小さな妹の話を、美月は思い出した。

「一緒に京都に行って、喧嘩をして以来、妹とは会話らしい会話をしていなかったから、もっと早く帰省して、いろいろ話しておくべきだったと後悔したの。話したい内容については、既に遺言書にまとめてあったけど、自らその内容を語る勇気があたしにはなかった。自分の死後、親族が遺言書を開封して、ああ、この人は生前こんな気持ちでいたのだな、としんみりする姿を想像しながら自己満足しているだけだったの」

美月は何と言っていいやら分からなかった。

「大切な人たちを気遣うのは、遺言を書くのと同じくらい大事なことよね。あたし、今では姉や甥たちとも頻繁に連絡を取り合ってるの。みんなのことをずいぶん違った目で見られるようになったわ。だから、もう一度新しいものを書かなくちゃいけないと思って」

「遺言書を何度も書くのは、悪いことじゃないと思いますよ」

いつの間にか近くに来ていた太陽が口を挟んだ。

「書いてすぐ逝っちゃうのならともかく、ずっと生きていたら、人間関係にだって変化が訪れるだろうし、新たに大切な人が現れるかもしれない。ひとつの遺言書にずっとこだわり続けるのは不自然ですよ」

遺言書は何通でも書くことができる。基本的に一番新しい遺言書が有効だが、過去の遺言書の中で、特に変更の記述がない部分についてはそのまま継承される。

二泊三日のツアーは、大過なく過ぎて行った。竹上を含む三人体制でツアー客の面倒を見たことや、思っていたよりフットワークの軽い太陽のおかげであったが、美月自身の進歩によるところも大きかった。九人中、遺言書を書き上げたのが七名。草案を完成させたのが二名。撮影スタッフも、いいシーンが撮れたと満足顔だった。

ツアーを終えて会社に戻り、社長に報告を行った。社長は、早急に旅行会社とタイアップし、秋には関西でも募集を掛けてみろ、と指示を出した。

こうして成功裏に終わった第二回ツアーから二週間ほど経ったある日、美月宛に電話が掛かってきた。竹上からである。

斎藤幸助が亡くなったという。

＊

インフルエンザから肺炎を併発し、病院に運ばれた幸助は危篤に陥った。薄れゆく意識の中で、幸助は典子の名を呼び、遺言書を読め、と命じた。

典子が、帰ったばかりの正則と玲子を呼び戻した頃には、幸助は既に息を引き取っていた。病室に飛び込んできた玲子は、静かに眠る父親を見るなり、その場で泣き崩れた。後ろに付いていた正則が、玲子の肩を支えた。

末期《まつご》の水を取らせ、遺体を清めた後、幸助を死装束《しにしょうぞく》に着替えさせた。北枕に寝かせ、棺《ひつぎ》の到着を待った。

幸助の家に棺が届けられると、待っていた親族が亡骸《なきがら》を取り囲んだ。孫たちが涙を流す中、喪主に任命された典子は、葬儀会社の人間と葬儀の形式や日程について話し合った。幸助の友人、知人、会社のOB会などに連絡を取り、訃報《ふほう》を伝えた。

通夜と告別式は、幸助の家からほど近い斎場《さいじょう》で行われることになった。幸助の遺言書を預かっている竹上が連絡したのであろう、葬儀には竹上の他、遺言ツアーで世話になった川内美月、それに今では彼女のアシスタントをしているという小泉太陽も参列していた。典子の姿を見るや、美月は深々とお辞儀をし、お悔やみを述べた。竹上が近寄って来て、遺言書の開封はいつにするかと耳打ちした。典子は初七日《しょなのか》が終わった頃連絡すると答えた。

全員の焼香が終わり、出棺の準備が整うと、典子が会葬者に挨拶をした。幸助の遺体は火葬場に運ばれ、荼毘《だび》に付された。あの年齢にしては大柄だった幸助が、わずかな骨と灰だけになってしまった。

壺に納まった亡骸を抱え、典子と親族は帰路についた。自宅に作った後飾りの祭壇に遺骨を安置し、読経《どきょう》と焼香をした後、精進《しょうじん》落としの宴を張った。葬儀の翌日も、近隣の挨拶周りをしたり、香典や供花《きょうか》の礼状を書いたりと、目の回るような忙しさが続いた。

慌ただしい初七日が過ぎた頃、ようやく竹上に連絡する時間ができた。竹上とアポを取ると、正則と玲子を幸助の家に呼び、遺言書を開封する運びとなった。

「わたしが御尊父から預かっている物は、正確な意味では遺言書ではありません」

主のいなくなった家に到着するなり、竹上は話し始めた。

正則と玲子が、お互いの顔を見つめ合った後、典子に視線を投げかけた。いったいどうなってるんだと、目で問うている。きょうだいではないが、喪主の配偶者として同席していた典子の夫・浩も、怪訝な顔を典子に、次いで竹上に向けた。

「どういうことでしょうか。父は湯河原の旅館で遺言書を完成させ、竹上先生に託したものとばかり思っていましたが」

「自筆証書遺言に関しては通常、遺言者本人または遺言執行者が保管して、本人の死後、家庭裁判所で検認を受けなければ、開封することはできません。ですが、わたしは御尊父から預かっているこの書簡を、検認を受けずして皆さんの前で開封することができます。お読みいただければ、何故だか分かると存じます」

竹上が、内ポケットから取り出したペーパーナイフを封筒に当てた。中から取り出されたのは、三枚綴りの便箋だった。

典子、正則、玲子

この書簡を何度も書き直した。

本当のことを包み隠さず書くため、何故自分がこのような行動に走ったのかと思い起こす度に、己の愚かさに自己嫌悪する。

典子が今回のツアーに連れて来てくれてよかった。何故ならこのツアーのおかげで、愚かな父はやっと覚悟を決め、真実を語る気になったのだから。典子、お前には感謝の気持ちでいっぱいだ。

まずは発端から説明したい。

役員を定年退職し、しばらくすると、知人の知人と名乗る人物から父宛てに連絡があった。投資会社を経営しているという男で、退職金で株をやらないかという誘いだった。一度は断ったものの、損はさせないからと食い下がるので、少額なら実害も少ないだろうと、誘いに乗ることにした。

男の言ったことは嘘ではなかった。損失も出したが、プラスマイナスで見れば確かに儲かった。次に男が勧めたのが為替だ。株より儲かるという。男の甘言を信じた愚かな父は、外貨預金から始めて、外貨債券、ひいてはFXにまで手を延ばした。FXというのは、外国為替証拠金取引というやつで、レバレッジというシステムのおかげで、資金の何十倍もの取り引きが可能になる。

FXはハイリスクだが、とてもエキサイティングだった。自分でも信じられないくらいはまって、気が付いたらかなりの額を失っていた。誰のせいでもない。悪いのは父だ。ここで止めておけばいいものを、愚かにも父は別の投資に手を広げた。件《くだん》の男は先物取引を勧めたが、熟慮の末、不動産投資を行うことにした。いざなぎ景気を超える好景気が続いていると言われていた頃のことだ。一般庶民の生活レベルはちっとも上がっているようには見えなかったが、確かに都心の一等地では不動産時価が上昇の兆《きざ》しを見せていた。

　土地を担保にローンを組んで、賃貸アパートを建設する計画だった。アパートが稼働すれば、家賃で金利を支払ってもおつりが来る計算だった。ところが、竣工が間近になった時に、あのリーマンショックに見舞われ、不動産価値は暴落した。それればかりか、テナントもまるで集まらなかった。仕方なく家賃を二割下げたが、稼働率はたった四割。これではとてもじゃないが、金利は払えない。仕方なく、自宅を抵当に入れ、別の金融機関から金を借りて利払いに充当している。

　ということで結論を言えば、父に資産はない。あるのは借金だけだ。

　だが、お前たちが父の負債を引き継ぐ必要はない。竹上先生に確認したが、相続を放棄すれば負の遺産を引き継ぐ義務もないそうだ。

　親として相応の財産を子孫に残すのが当たり前であるが、こんなことになって本当に申し訳ない。父の不徳の致すところだ。

　良い家族に恵まれたと思っている。お前たち三人と、可愛い孫たちは、父の宝だ。

昭和一桁生まれは、感情を表に出すなという教育を受けてきたから、口に出してはなかなか言う勇気はなかったが、父は家族を愛している。

典子。しっかり者のお前にはずっと甘えてきた。お前が近くにいていろいろ面倒を見てくれるおかげで、父は何不自由なく好き勝手をしていられるんだ。彰浩も千尋もよくジイジの家に遊びに来てくれて嬉しい。二人とも来年受験だが、合格を信じているよ。

正則。この不況の最中、よくぞ頑張って会社を切り盛りしているな。甲子園に行けなくても、プロ野球の選手になれなくても、お前はずっと父の誇りだったよ。これからもその調子で、精進しておくれ。聡にもよろしくな。あまり厳しくしないで、たまには思いっきり遊ばせてやれよ。

玲子。お前は母さんに一番似ていたな。その繊細で優しい心は、まぎれもなく母さんから受け継いだものだよ。だから母さんは、お前のことをことさら可愛がっていた。優斗も海斗も優しい子だ。お前に似たんだろう………

読んでいるうちに、典子の瞳から大粒の涙がこぼれ落ちた。

今までは葬儀の準備や後片付け、各種の行政手続きなどで多忙を極《きわ》めていたから、泣いている暇などなかった。故人のためにも、きちんとした供養をしてやりたかったし、何よりも忙しくしていれば、悲しみを忘れることができた。

しかしこんな手紙を読まされては、もうダメだ。今まで封じ込めていた感情が、一気に押し寄せてきた。

本人が何と言おうが、もっと早く医者に診せておくべきだった。それなのに、わたしは……。

ということで、そろそろ筆を置こうと思う。これが開封される頃にはすべてにけりが付いていて、笑い話で語られればいいと願って止まないが、最悪な状況が続いていたら、竹上先生に相談しておくれ。

さようなら、とはまだ言わん。

精一杯生きて、何とか事態を収拾させてみせる。

変な遺言になってしまったな。

父より

「わたしのほうから、補足的にご説明申し上げます。よろしいですか」

すすり泣きが聞こえる中、竹上が口を開いた。典子だけではなく、玲子も正則も目を真っ赤に腫らしていた。

「この文書は法的な遺言書というより、付言事項のようなものですね。つまり家族に向けたメッセージです。ご尊父が書いておられる、相続放棄というのは、法律上の相続人たる地位を放棄するということです。具体的に言えば、被相続人の残した財産がプラスでも相続せず、マイナスでもその債務の負担をしないということですね。相続放棄の他には、限定承認というものもありますが、ご尊父の場合、財産はマイナスということが明らかですので、あまり意味がない。故人の許可を得て、ざっと財産の計算をしてみました」

竹上は、鞄から書類を取り出し、典子に見せた。正則と玲子が、典子の肩越しに書類を覗きこんだ。

運用しているアパートや自宅の時価評価も加味した財産の数字は、やはりマイナスだった。典子はしばらく書面を見つめ、やおら口を開いた。

「わたしは相続を放棄しません」

正則と玲子が、姉を振り返った。

「おい、何を言ってるんだ、お前。竹上先生の言うことを聴いていなかったのか。放棄しないなら、お義父さんの債務も引き継ぐことになるんだぞ」

浩が口角泡を飛ばしながら言った。

「ええ、分かってるわよ」

典子は醒めた目で夫を見返した。

「会社であなたが苦労してることも知ってる。あたし、実は働きに出ようと思ってるの。彰浩も千尋も無事受験を終えたことだし、そろそろ家を空けても構わないでしょう」

「そんなこと、おれは聞いてないぞ」

「だから今言ってるのよ。大学時代の友達が、ご主人と一緒に小学生向けの塾をやっていて、生徒が増えてきたから、あたしに先生やらないかって言うの。やってみようと思ってる。あたし、教員免許持ってるし、結婚前は塾に勤めていたこともあるから。それに、あなたには内緒でお金も貯めてあるのよ。ほんの少しだけど」

「何だって！」

「まさかの時のためよ。無論そんなお金じゃお父さんの借金は賄いきれないけど」

「おれも放棄しないよ。親父の借金を相続する」

正則が言った。

「遺産は、もうずっと前からもらっていたようなものだったしな。借金を踏み倒したなんて恨まれて、親父の名前を汚したくない。それに、アパート賃貸事業が軌道に乗れば、返済の目途が立つかもしれないだろう。まだ四割しか埋まってないんだから。事業はおれが引き継ぐよ」

「あたしも……俊夫さんに相談しなければいけないけど、負担させて」

玲子が恐る恐る口を開いた。

お前は無理しなくていいんだぞ、と正則がたしなめた。

「ううん。あたし一人だけ何もしないなんて、できないから。確かにうちの家計は厳しいけど、それはお兄ちゃんやお姉ちゃんのところも同じでしょう。三人で協力すれば、この金額なら何とかなりそうじゃない。俊夫さんを説得してみる。きっと理解してくれると思う」

浩が、不思議な生き物でも見るような視線を三人に向け、大きく首を振った。

「分かりました。それではお三人とも、相続を放棄しないということでよろしいですね」

竹上が訊ねると、典子も正則も、そして玲子も力強く頷いた。

エピローグ　遺言の行方

第二回の遺言ツアーの様子がテレビに流れると、大きな反響があった。秋に予定されている第三回ツアーには、別のテレビ局やラジオ局、新聞、雑誌などからも取材の申し込みが殺到した。

この広がりように一番驚いているのは、美月自身だった。苦し紛れに提案した、ほとんど思いつきに近い企画が、全国規模で有名になっていくなど、一年前は誰が想像しただろう。毎日目の回るような忙しさが続いたが、太陽がいてくれるので何とかしのぐことができた。二回目のツアーが終わったら、すぐ辞めてしまうとばかり思っていたのに、あれから半年経った今でも太陽は美月と机を並べている。

太陽の評判はおおむね良好だった。やる気がまるでないかのように見えるのに、いざ仕事をさせると、なかなか器用に立ち回る。ミスも少ないし、サボることもない。がむしゃらに突っ走ったり、残業を厭わないタイプではないが、バイトでここまでやってくれるのなら、十分に及第点だった。さらに現在彼は、会社専属の遺言ツァーライターとしても活躍中である。

先週は太陽と一緒に、神戸の有馬温泉まで視察に行って来た。社長の命令通り、関西でもツアーを開催するための下準備だ。

「ちょっとこれ、見てくださいよ」

パソコンの画面とにらめっこしていた太陽が、いきなり美月を振り返った。

「地下鉄整備事業が始まるみたいっスよ。東京メトロを郊外まで延長するって。新しい駅ができるここって、確か斎藤さんが住んでたところですよ。葬儀ん時、この近くの斎場まで行ったでしょう。誰かが家を継いだんですかね」

美月は湯河原の旅館で、幸助が打ち明けたことを思い出した。

「斎藤さんには実は借金があったのよ。だから、遺族には相続を放棄するよう遺言書に書くつもりだって言っていた。放棄しなかったら、債務をそのまま引き継いじゃうから」

「でも、相続を放棄したら債務だけじゃなくて、財産も放棄することになっちゃうんじゃないですか」

「確かそうだったと思う」

「でもちょっとこの記事見てくださいよ。渋谷まで十五分で行けるようになるって。前は乗り換え乗り換えで五十分はかかっていたのに。工期は七年だけど、周辺の地価は既に上がってるみたいっスよ。完工後の予想では現在の五倍から、十倍になってるかもしれないって。おれ、高校がここら辺だったんで地理には詳しいんです。多分この新しい駅ができる通り沿いに、斎藤さんちがあるんですよ。歩いて五分もかからないかもしれない。めちゃくちゃ上がりますよ、あそこの土地は。でも、相続放棄しちゃったんですよね。もったいないなあ」

　美月はしばらく考えたが、それはどうか分からない、と答えた。

「どうか分からないって……ああ、確か限定承認とかすれば、借金を引いた後のプラスの財産を引き継ぐことができたはずですよね」

「限定承認はしなかったんじゃないかな。だって、あの時点では明らかにマイナス資産、つまり借金のほうが資産より多かったんだもの」

「それが今じゃ、逆転したわけですよ。おまけに今後ますます資産は増えるかもしれないんです。地価が右肩上がりで上昇してますから。やっぱり相続放棄しちゃったのかな。父親が遺言に書いたんだもんな。馬鹿だなあ」

「だから、それはどうか分からないって、さっき言ったじゃない」

「じゃあ承認したってことですか？　債務を引き継ぐのに？　竹上先生に訊いたんですか？」

「ううん。でも何となく、そんなような気がする」

「だって、あのおばさん、父親に遺言書かせようと躍起《やっき》になってたじゃないですか。あんながめつそうな人が、相続を承認しただなんて、ちょっと信じられないっスよ」

「そういう誤解を招きそうな雰囲気の人だったけど、実は違うと思う」

「もし、本当に承認したんならブログで感動物語が書けますよ。世の中、そんなにうまく行くわけないじゃないっスか」

「いや、あたしは人の良心を信じたい」

「甘いっスよ。じゃあ賭けますか？　おれは絶対放棄したと思う。じゃなければ、限定承認。限定承認なら、借金が財産より多くても、差額を相続人が負担する義務はないんでしょう」

「いいよ。あたしは絶対無条件で承認したと思うから。限定じゃなくて、父親の債務も全部引き受ける単純承認」

「本当にいいんですか。おれが勝ちますよ。人間なんて、元々自分のことしか考えない生き物なんだから」

「あたし、その考え方には真っ向から反論する」

「なんでそんなに熱くなってんですか。いい年こいて」

「うるさい、ガキ」

気がつくと、太陽と罵《のの》り合っていた。やかましい、と先輩の梶原に怒鳴られた。

「喧嘩なら表でやってこい」

美月と太陽は、むすっと黙り込んだ。

「じゃあ、何賭けますか」

太陽が声のトーンを落として訊いた。

「お昼ごはん」

時計を見ると、既に十二時を回ろうとしていた。せこいなあ、と太陽が口元を緩める。

「じゃあおれ、寿司が食いてえ」

「あたしはイタリアンかな」

「ってか寿司食うこと、もう決まってるし。早く竹上先生に連絡して真実を訊いてくださいよ」

美月は頷いて、竹上の事務所に連絡を入れたが留守だった。

「それじゃ、とりあえずレストランまで行って、そこからまた電話してみようよ」

「いいっスよ、レストランというより、寿司屋でね」

「イタリアンレストランでしょう」

「寿司レストランです」

「何だ、お前たち、仲がいいじゃないか」

仲よく上着を羽織って事務所を出て行こうとする二人の背中に、梶原が声を掛けた。

しかし、寿司！　イタリアン！　と言い合う美月と太陽の耳には、当然そんな言葉は届いてはいなかった。

解説　「遺言ツアー」へようこそ！

青木千恵
（フリーライター・書評家）

本書のタイトルを見て「遺言」の二文字から、「縁起でもない」と思われる人がいるかもしれない。けれども「遺言」とは、生きている間に「思い」をかたちにしておく、自己表現のひとつだ。逝く直前に記す「遺書」や「辞世の句」とは違う。そもそも遺言とは何か、よく知らない人も多いのではないか。

現実において、「遺言ツアー」は行われている。日本で初めて「遺言ツアー」が実施されたのは、二〇〇九年十一月のことだ。温泉地に泊まっておいしいものを食べ、司法書士の講義を聴き、心理カウンセラーのサポートを受けながら心中の「思い」を整理し、遺言を書きあげる。少子高齢化が進み、相続や遺言に対する関心が高まる中、日本初の「遺言ツアー」は、新聞やラジオ、テレビなどで取りあげられ、反響を呼んだ。

司法統計によると、家庭裁判所の遺言書の検認（遺言書の内容を明確にし、偽造などで書き換えられないようにするための手続き）の申し立て件数は、二〇〇五年の一万二三四七件から、二〇一四年は一万六八四三件へと増えている。家裁に新たに持ち込まれる、遺産分割に関する審判、調停の件数も増加傾向だ。遺産について骨肉の争いが起こり、絶縁にまで至るのは、めずらしい話ではない。

日本公証人連合会の調べでは、二〇一四年、全国で作成された遺言公正証書の件数が十万件を超えた。二〇〇五年の六万九八三一件から二〇一四年は十万四四九〇件へと、十年で四割以上増えている。相続争い回避のため、遺言書を作る人が増えているのだ。

本書は、そんな世相の中で生まれた、「遺言ツアー」を題材にした長編小説である。

イベント会社「弥生プランニング」の新米社員で、二十三歳の川内美月は、この春に入社して以来、企画書がすべて却下される「不発」の日々だった。腐っていたところ、ニュース番組で見た遺言の特集と、旅行・グルメをくっつけた「遺言ツアー」を思いつく。

〈――ゆっくりとくつろいだ気分で温泉に浸かり、美酒と会席料理を味わいながら、

あなたも遺言書を作成してみませんか。きっと素晴らしいものが出来上がるはずです〉
半ばやけっぱち気分で書いた企画書だったが、社長が目を通すや、〈面白いからやってみろ〉と即決する。経験も人脈もない美月を助けて、専門家への相談や事前準備は、五歳上の先輩社員、梶原が全部やってくれた。ところが、ツアー当日。心理カウンセラーの溝口が、交通事故で来られなくなる。また梶原も、ほかのイベントの緊急事態により、急遽、横浜に向かうことに。司法書士の竹上は初日のみで帰るため、二泊三日のツアーを美月ひとりが任されることになる——。

ときは秋。舞台は、神奈川県南西部の温泉地・湯河原の、山奥にある純和風の宿「荻野屋」だ。開始前からトラブル発生で、いよいよやって来るツアー客を迎える美月は、平静を装いながら、内心は不安でいっぱいだ。
しかもツアー客の一人ひとりが、〝個性派〟ぞろいなのだった。いちばんに現れた前田久恵は、七十六歳。穏やかな物腰だが、なにやら秘めたものがあるらしい。次に、リタイア前は有名企業の役員だったという、七十八歳の斎藤幸助が現れる。しゃれた服装の老紳士だが、家族に言われてしぶしぶ参加したらしく、来たとたんに頑固者の不機嫌風を吹き散らす。見送りのつもりで来た娘の新庄典子が、父を心配するあまり、〝家族枠〟でツアーに同行することになる。

そして、幸助とは違うタイプの、不穏な人物がやって来る。昼間から酒びたりで、セクハラ発言をしてはばからない横沢篤弘だ。さらに、六十～七十代の参加者に混じり、きわだって若い十九歳無職の小泉太陽が、遅刻をして現れる。遺言書は満十五歳に達していれば作成できるらしいが、十九歳の太陽は、なぜひとりで遺言ツアーに参加したのか。

美月も参加者も、互いに初対面である。果たして美月は、遺言ツアー申込者の久恵、幸助、篤弘、太陽にゆっくりと人生を振り返らせ、全員に遺言書を書かせることができるのか？　そう。本書は、社会人一年生の美月を主人公にした「お仕事小説」なのである。初めて採用された自分の企画を、やり遂げることができるか、なりゆきに注目だ。

なにしろ、元来がのんびり屋で引きこもりがちな美月自身が、自己表現が得意なタイプではなく、団体行動が苦手なほうだった。大学一年のとき、アルバイトをする必要に迫られてアニメイベントでド素人ぶりを露呈、赤っ恥をかいた〝黒歴史〟

も持っている。四年前は「学生の失敗」で済んでも、社会人になれば社名を背負った「仕事」だ。

なのにツアー客は、露天風呂や足湯などいろいろなタイプの温泉を試し、旅館周辺を散策し、てんでばらばらに行動する。振り回されて、美月は電話をくれた梶原に泣き言を言いかけるが、こう叱咤されてしまう。〈お前が立てた企画だぞ。最後まできちんと責任持って、やり遂げろよ。遺言書は一人の例外もなく完成させろ。いいな〉――。

そこで奮い立ち、「遺言書、書こう！」と太陽をプッシュするが、「なんつーか、どうしても遺言書かせたいっていう、悲痛な思いが、ひしひし伝わってくるんスよね。こっちの都合じゃなくて、そっちの都合優先みたいな」と、生意気に退けられてしまう……。

そんな美月の「お仕事小説」であるのと同時に、本書は「家族小説」でもある。「遺言を書く」テーマを通して、温泉宿に集まった人、それぞれの来歴がひもとかれていくからだ。著者の黒野伸一さんが、デビュー以来書き続けている、家族的な人と人とのつながりがクローズアップされてくる。

著者の黒野伸一さんは、家族&青春小説『ア・ハッピーファミリー』(二〇〇八年の文庫化に際し、『坂本ミキ、14歳。』に改題)により、二〇〇六年に第一回きらら文学賞を受けてデビューした。以降、黒野さんが描いているのは、主に家族の人間模様と、日本の社会状況である。『万寿子さんの庭』では、五十歳以上年齢の離れた女性同士の交流を、『限界集落株式会社』では、衰退する地方と農業の人間模様を見つめ、再生の道を探るなど、市井の人々の「心(気持ち)」を、さまざまな手法でとらえてきた。限界集落、貧困、老い、世代間格差……。いまの日本において、「マイナス要素」や「負け組」と断じられるような事象にあえて注目し、掘り下げていって見いだされたものを読者に提示する、そんな物語の数々である。本書も、「遺言を書く」という、ともすれば「縁起でもない」と思われるような事象に着目し、独特の目線でエンターテインメント化した物語だ。

本書で「巧いなぁ」と思うのは、いわば「二台のカメラ」を据えつけて、物語を描きだしているところである。「カメラ①」はツアー担当者、美月の視点だ。二十三歳の彼女は、たまたま自分が企画するまで、「遺言」のことなど考えたこともなかった。一方「カメラ②」は、老親の幸助を心配して来た中年女性、典子だ。典子は三人姉弟の長女で、母は六年前に亡くなった。妹、弟とは疎遠になっている。子供のころは週末ごとに家族で旅行をしていた、濃密で楽しかった記憶を共有するにもかかわらず、だ。まだ元気とはいえ幸助は七十八歳で、それこそ縁起でもないけれど「死」を意識せざるを得ない。「骨肉の争い」や「絶縁」を避けたい典子にとり、「遺言」はとても重要なことなのだ。

年齢も立場も異なるふたりの視点（カメラ）を使いわけ、ツアーでの出来事やそれぞれの人生、そして「遺言」を通して見えるいまの社会状況が、立体的に浮き彫りになる。たとえば、「カメラ①」で、典子にきついことを言われて美月は呆然と落ち込むが、「カメラ②」に切り替わると、〈ちょっと川内さんに言い過ぎちゃったような気がする〉〈あたしは自分に都合よく、人を動かしたいだけなのかもしれない〉と典子が反省している。

何事においても、ものの見方がひとつだけではないことがよく分かる。

同じ家で育った兄弟でも、性格も考え方もばらばらだ。兄弟や家族は、それぞれにとって基本となる社会なのではないだろうか。そこから世界が広がってきたのだ。学校で友だちができたり、仕事で知り合ったり。

むっとしたり、トラブルが起きたりするけれども、だれだって、生きている間はずっと、揺れ動く気持ちを抱えて生きている。

「大人」や上の世代に怒り、糾弾していたつもりが、いつしか自分も年を重ね、糾弾される側になっていたりする。本書は、二台のカメラを通し、十代から七十代まで幅広い年代について、それぞれの人生と気持ちに触れていく。美月、典子、太陽、幸助、久恵、篤弘……。読者それぞれに彼らの気持ちが分かり、身近に思えるのではないか。

さて、「遺言」とはなんだろうか。

人と人を分かつのは、「死」だけではない。また、家族の遺産と相続とは、不動産など目に見えるものばかりではないと思う。かつてより平均寿命が延びているいまは、人生の途上で何度でも、「思い」をかたちにしていいのだ。いや、すべきなのかもしれない。

まぁ、温泉とおいしいものは大好きだ。気づけばずっと働いていて、心身、雑然としてしまっている。たまには温泉にでもゆっくり浸かって、リフレッシュしたい。

本書を読むと、心の〝凝り〟がほぐされて、リフレッシュできると思う。

というわけで。「遺言ツアー」へようこそ!

取材協力
プレス・サリサリコーポレーション
大場法律事務所
蜂須総合法律事務所

本書は二〇一一年六月に刊行された『2泊3日遺言ツアー』（ポプラ文庫）を改題したものです。

本作はフィクションであり、実在の人物・組織とは一切関係がありません。

（編集部）

実業之日本社文庫 く71

本日《ほんじつ》は遺言日和《ゆいごんびより》

2015年12月15日　初版第1刷発行

著　者　黒野伸一《くろのしんいち》

発行者　増田義和
発行所　株式会社実業之日本社
〒104-8233　東京都中央区京橋 3-7-5 京橋スクエア
電話 [編集]03(3562)2051 [販売]03(3535)4441
ホームページ http://www.j-n.co.jp/
DTP　株式会社ラッシュ
印刷所　大日本印刷株式会社
製本所　株式会社ブックアート

フォーマットデザイン　鈴木正道(Suzuki Design)

ISBN978-4-408-55266-8（文芸）